生产队

李幺傻 著

加拿大国际出版社

书名：生产队

作者：李幺傻

出版：加拿大国际出版社 www.intlpressca.com

Email: service@intlpressca.com

印刷版 ISBN: 978-1-990872-78-5

电子版 ISBN: 978-1-990872-79-2

2024 年 2 月出版

2024 年 2 月第一次印刷

版权所有，翻印必究

Book Title: Produce Team

Written by: Yaosha Li

Publisher: Canadian International Press

Print ISBN: 978-1-990872-78-5

EBook ISBN: 978-1-990872-79-2

作者简介

李幺傻，前《广州日报》集团首席记者，畅销书作家，多次获奖，著有长篇小说《暗访十年》、《江湖三十年》等，现居美国。

人物表

吕长苟：队长

白家兴：会计

姬满囤：保管员

福海妈：妇女队长

王定娃：贫协主任

雷德禄：民兵排长

郑小琴：记工员

姬金榜：饲养员

蔡明亮：电影放映员

王进坤：老秀才

姬明哲：车把式

李向前：插队知青

白福海：放羊人

王有财：村中年龄最大的人

雷梨花：女疯子，全村最漂亮的女子

黄水娘：媒婆

白家有：二流子

王黑炭：全村最老实的人

白顺才：赤脚医生

王世杰：煤矿工人

神婆子

邮递员

货郎

剃匠

故事简介

本书围绕着放羊老汉命案的是是非非，描写了上世纪 70 年代农村的众生相。

用悬疑小说的形式，来写传统小说，描摹了那个时代农村各种典型人物。只手遮天的生产队长，以权谋私的保管员，梦想当兵的民兵排长，被知青抛弃的村姑，混得风生水起的二流子，骗术高超的神婆子，足智多谋的老秀才，卖弄风骚的记工员，树大根深的贫协主任，孤苦凄凉的逃荒女子，能说会道的媒婆，遭受欺压的老实人……

本书再现了那个年代特有的生活场景：放忙假、推荐上大学、部队拉练、知青上山下乡、煤矿招工、挖地道、返销粮、鸡屁股银行、生猪收购站、供销合作社、医疗站、民办教师、批判会、忆苦思甜大会、巨大的城乡差别……

生产队

目　　录

第一章　放羊老汉死了

放羊老汉死了，死在关帝庙里。

关帝庙早就颓废了，墙壁倒塌，荒草凄凄，仅有的半扇门也因为经年累月的风吹日晒，变得油漆斑驳，像老豆腐一样千疮百孔。这么多年来，从没有人再踏进过关帝庙，关公的泥塑早就被捣碎，变成了牛圈的垫土，平日里，那里只有狐兔在出没。

可是，放羊老汉去关帝庙里干什么，他为什么就死在了这里。

放羊老板一辈子没结婚，他那张丑陋的面容让人望而生畏。他的鼻梁是歪斜的，中间还有一道凹槽。村子里的人总是拿他吓唬小孩子，如果小孩子夜晚哭喊不睡觉，母亲就说："放羊老汉来了。"小孩子就吓得用被子蒙住头，很快就睡着了。

听人说，那一年村外打仗，人家都躲在家里，不敢出门，还是小伙子的放羊老汉胆子大，跑出去看，一颗流弹擦着他的鼻梁飞过去，把鼻梁削掉了一块。

农村本来就男多女少，一个破相的人怎么可能娶到媳妇呢？所以，放羊老汉就孤独一辈子。

最先发现放羊老汉死了的是队长吕长苟。

吕长苟每天都起得很早，他站在自己家门口，迎着早晨初升的阳光，嘴上叼着一张面饼，双手在腰间一掖，就把宽大的裤裆折叠在腰间。然后，他沿着村道，向着朝阳，高一脚低一脚地走向村口的老槐树。他觉得太阳是自己一步一步踏出来的。

吕长苟是个瘸子。他走路的姿势总显得欢欢快快。

村道上还没有人影，农村人都醒来很晚，即使醒来了，也要赖在床上躺一会儿。

吕长苟走到老槐树下，老槐树上挂着一口锈迹斑斑的钟，他拉响了钟绳，镗镗镗的声音像波浪一样在村庄漫溢，家家户户传来了门扇推响的吱呀声。

吕长苟站在老槐树下照例骂了一句："狗日的，上工了。"

全村人都站在了老槐树底下，高高矮矮地黑压压一片，大家都穿着黑色粗布衣服，不吭声，一个个神情木讷，形同烧焦的木桩。

吕长苟站在老槐树下的石墩上，眼神像镰刀收割麦子一样在所有人的头顶上抡了一圈，然后故意清了清嗓子，显示出自己的威严感，接着说道："今天早上还是割老鸦窝的麦子，娃们拾老沟渠的麦子。"

人群散开了，一个个回到自己家院子里去拿镰刀，有娃们的家里，响起了呼喊娃娃起床的声音。

老槐树下只剩下吕长苟和王黑炭。

王黑炭是全村最老实的人，皮肤黧黑，一天到晚连个屁都不敢放。他怯生生地望着吕长苟，叫了一声："队长哥……"就不敢再说话了。

吕长苟不满地看了他一眼，说道："有啥事就赶紧说，我忙得很。"

王黑炭似乎鼓了很大的勇气，才敢说出来："德禄把我家自留地的一行麦子割了，还说要打我。"

吕长苟说："德禄割了你家一行麦子，又不是我割了，你找我干什么？"

王黑炭被呛得脸红脖子粗，他嘴唇颤动了半天，才说道："您是队长哥……"

吕长苟说："队长哥每天日理万机，要管理集体多少大事，先公后私，大公无私，公而忘私，哪里有时间管你们这些私事。"

吕长苟说完后，就背着双手一摇一摆地离开了，老槐树下只剩下意犹未尽的王黑炭，他垂着双手，显得异常疲惫，又不知所措。

村庄里的劳力们都去老鸦窝割麦子了，学生娃们也都挎着粪笼去老沟渠拾麦子，村庄一下子显得空空荡荡。不知道谁家的黑猪走在村道上，悠哉游哉地摇着尾巴，看起来志得意满。一只公鸡飞上墙头，引吭叫了一声，听到没有回应，就知趣地止住了声。

吕长苟穿过村道，走下村庄另一头的斜坡。斜坡边是一片柿树林，这时候的柿子还只有纽扣一样大，绿油油地藏在树叶下。柿子林边是羊圈。往日的这个时候，放羊老汉的鞭子声已经抽响了，羊们咩咩咩叫成一片，挨挨擦擦地沿着小路去山沟里吃草。可是，今天早晨，羊圈里却一片寂静。

吕长苟站在柿子林边骂放羊老汉："老东西，赶紧放羊去。"

羊圈里还是一片寂静，偶尔会响起一声小羊呼唤妈妈的清脆的叫声。

吕长苟边骂着，边走近羊圈。羊圈是三面围墙，另一面墙壁被悬崖代替了，悬崖下挖凿了一面土窑洞，放羊老汉就常年住在那里面。靠近路面的墙壁上挖了一个缺口，安装了木栅栏门，羊群就从这里进进出出。有一年，一只狼从木栅栏间钻进去，咬死了很多羊。放羊老汉就把荆刺砍下来，编在木栅栏中，此后，再没有狼钻进去咬死羊了。

吕长苟走到羊圈门口，隔着栅栏伸手进去，拔开了铁梢子，然后双手抬起栅栏门打开了。他喊道："狗日的，老东西，你得是死了？"

羊圈里没有放羊老汉的回应，只有羊群惊恐的叫声。

吕长苟骂骂咧咧地走进了窑洞里，很不满地拍着巴掌，等到他的眼睛适应了窑洞里的黑暗，这才发现窑洞里空无一人。

吕长苟站在羊圈里高声叫喊着放羊老汉的名字，可是没有人回应。奇怪了，大清早的，这老汉会去了哪里？

村庄里走出了一个人，拄着拐杖，颤颤巍巍，似乎每走一步都要用尽浑身的力气，眼光照在他的光头上闪闪烁烁，他一毛不拔的光头看起来就像一颗晒干了的葫芦。

他是全村年龄最大的人，只有他才能享受到不下地干活的优等待遇。

吕长苟问他："有财叔，放羊老汉哪去了？"

有财叔耳朵背，没听清，他伸长脖子啊啊啊了好几声，问了吕长苟好几遍，这才知道是打听放羊老汉，他张开嘴巴，想说，却说不出来，最后只好很努力地摇摇头。他满口的牙齿只剩下一颗门牙，那颗孤独的门牙被说话的气流冲击得摇摇欲坠。

吕长苟不再理有财叔，他走向村外。

村外几十米远处有一座关帝庙，关帝庙也不知道是什么年代修盖的，里面供奉的是关公的泥塑。前几年，从公社来了一群红卫兵，他们说关帝庙是封建残余，三下五除二就把关公泥塑捣毁了。里面没有了关公庙，也就没人再走进去。

吕长苟走到关公庙的门口，看到有两只狗从门里冲出来，它们的嘴角满是鲜血。吕长苟觉得蹊跷，就踏着齐膝深的荒草走进关帝庙。庙里还有一条狗，一看到有人进来，就汪地叫了一声，失魂落魄地逃了出去。

吕长苟看着地面，突然大吃一惊。

地上有一具尸体，是放羊老汉的。

放羊老汉衣服被撕碎了，干瘪的身体像一件破衣裳。他的头耷拉在一边，脸上血肉模糊，大腿上的肉也被撕下了好几块，耷拉在一边。

吕长苟叫声啊呀，就像被火烫了一样，高一脚低一脚地跳出了关帝庙。

按说，出了命案，就得赶紧报告公安，报告得越早越好，越早越有利于破案。但是，这件事，吕长苟不愿意让公安知道，他第一个想到的人，是民兵排长雷德禄。

雷德禄，就是把王黑炭家的麦子割了一行的那个人。

此刻，雷德禄正和贫下中农们在老鸦窝里割麦子。农村的每块地每条沟每座山都有名字，只要一说名字，全村人都知道在什么地方。

吕长苟沿着山路向老鸦窝走，看到路边的一棵歪脖子柳树下坐着疯女子。疯女子直勾勾的眼睛看着他，长长的纷乱的头发遮没了半张脸，那模样看起来有点吓人。

吕长苟瞥了疯女子一眼，喊道："梨花，到老鸦窝把你哥叫回来。"

民兵排长雷德禄是疯女子雷梨花的哥哥。

疯女子雷梨花没有说话，依然直勾勾地看着吕长苟。吕长苟顾不得理她，继续深一脚浅一脚地走向老鸦窝。

老鸦窝是深沟里的一片开阔地，这里的麦子每年都长得很好。下大雨的时候，雨水把四面山坡表层上的肥土冲刷到这片开阔地，让这块地年年肥沃。

吕长苟来到老鸦窝，看到所有社员排成一排，向前割麦子，每个人六行，谁先割到头，谁就能回家。

吕长苟站在社员们的后面，他看不到社员们的脸，看到的只是一排屁股。但是，吕长苟看屁股就知道谁是民兵排长雷德禄。全村社员中，人人都穿着大裆裤，裤管松松垮垮，唯独雷德禄扎着裤脚，他不知道从哪里捡到一副绑腿，总是学露天黑白电影上的八路军，用这副绑腿把自己的裤脚扎起来。

吕长苟走到雷德禄的身后，说："德禄，你先甭割麦了，来一下。"

雷德禄直起腰，手中拿着雪亮的镰刀，他的额头上已经浸出了密密的汗珠。他边用疑惑的眼神看着队长吕长苟，边用镰刀把捶着自己酸疼的腰眼。

　　吕长苟一直把雷德禄引到了地头，这才说："放羊老汉死了。"

　　雷德禄一惊，问道："咋个死的？"

　　吕长苟说："可能被人杀了。"

　　雷德禄又问："谁杀的？"

　　吕长苟说："不知道，我这正和你商量该咋个办？"

　　雷德禄说："我这就骑着自行车去县上报案。"

　　吕长苟说："不行。"

　　雷德禄又疑惑地望着吕长苟。

　　吕长苟说："我这一路上都在盘算，想把这个案子交给你，你要是把这个案子破了，你就出名了。你出名了，公社就会让你今年冬天去当兵了。你不是一直都想当兵嘛？"

　　雷德禄听到吕长苟这样说，就非常激动："我做梦都想当解放军。"

　　吕长苟说："对呀，你把这个案子破了，你就能当解放军了。如果公安下来人把案子破了，功劳都被他们揽走了，就没你的什么事。"

　　雷德禄汗涔涔的脸上绽放出满脸笑容，他学着电影中的解放军，啪地敬了一个军礼，然后说："队长放心，我保证完成任务。"

第二章　全村人都是怀疑对象

放羊老汉死了，肯定是被人杀死了。

雷德禄和吕长苟查看放羊老汉的尸体，看到脸上的伤是致命伤。那是被什么东西砸的，砸得脸上的肉都翻了出来。至于腿上的伤，那是被狗咬下来的。

放羊老汉因为脸上破相，又穷得叮当响，一辈子没结婚，谁会杀他呢？

吕长苟问："这事该如何下手？"

民兵排长雷德禄说："我心里已经有了怀疑对象。"

雷德禄的怀疑对象是老地主马北西。

放羊老汉是贫下中农，对贫下中农怀有如此刻骨仇恨的，只能是地主阶级。雷德禄想，地主阶级总是妄图反攻倒算，让我们贫下中农吃二茬苦，受二茬罪，这种事只有地主阶级才能干得出来。

雷德禄小学毕业，可他在小学就知道了刘文学和收租院的故事。刘文学因为遇到地主偷辣椒，要向大队干部反映，被狗地主残忍地杀害了。大地主刘文彩剥削劳动人民，大斗进小斗出，把借了他家租子却还不起的贫下中农，关进地牢里，忍受种种折磨……从小接受革命传统教育的雷德禄恨死了地主阶级。

马北西是全村唯一的地主。解放前，他家有七八间房子，有近百亩地，是全村最富裕的人。解放后，这些房子和土地都分为了穷人，老地主马北西一家人住在当年他们家的牛圈里。

这里是山区，全村人都穷。

有一年，因为要修建水库，有几户从平原移民到山区的人，看到老地主马北西家的情况，惊讶地说："这还叫地主？我们村子里随便找户人家，都比老地主家富裕。"

但是，马北西是全村最富裕的人，他不当地主，谁当地主？

这个时候，老地主马北西正在纤维板厂的厕所里挑粪。

距离村庄几百米远，有一座公社办的纤维板厂，纤维板厂又细又长的烟囱高耸入云，经常会吐着黑烟。天气晴朗的时候，半个天空都被染黑了。纤维板厂后面是堆积如山的棉花杆，纤维板就是用棉花杆造出来的。棉花杆的旁边，就是纤维板厂的公共厕所。

纤维板厂里都是临时工，就连厂长也是临时工，可是他们有工资啊，有工资的人就是上等人，上等人就吃得好，吃得好的人拉出来的屎都臭。队长吕长苟经常说："这些工人阶级拉出来的，都是好肥料，咱们生产队挨着纤维板厂，是沾光哩。"

从公共厕所挑粪的活，又苦又重又臭，而且很孤独。尤其是夏天，苍蝇漫天飞舞，臭气四处蔓延，连呼吸都困难，没人愿意干这活，队长吕长苟就把这个活派给了老地主马北西。你个剥削阶级，没有在肉体上消灭你，已经是对你最大的恩赐，你还有什么资格挑挑拣拣的！

村庄的人经常能够看到老地主马北西佝偻着腰身，挑着两个臭气熏天的木桶，一只木桶里插着沾了屎尿的铁瓢，右手拄着拐杖，左手扶着扁担，摇摇晃晃地走进人们的视线。老地主马北西明亮的秃头上满是汗珠，顾不得擦，汗珠一滴一滴地从脸上流下来，滴在肮脏的衣服上。有时候，放学回家的孩子们看到老地主马北西，就一齐唱起来："秃子秃子秃溜溜，钻到母牛的逼里头……"

马北西听到孩子们在唱歌骂他，他也不敢吭一声。

老地主马北西就是一坨屎，谁见了他都讨厌。

　　此刻，马北西正担着两桶粪，趔趔趄趄地走着，被民兵排长雷德禄拦住了。

　　雷德禄一只手插在腰间，另一只手低垂着，好像拿着一把无形的盒子枪。露天黑白电影中的英雄人物都是这种造型，雷德禄在阶级敌人面前，当然也要摆出这种造型。雷德禄用居高临下的眼光审视着老地主马北西，说道："放羊老汉被人杀了。"

　　老地主马北西的脸上刚才是木讷的表情，现在依然是木讷的表情，雷德禄的话就像一缕微风吹过他的脸，连一丝痕迹都没有留下。

　　雷德禄继续用恶狠狠的目光盯着马北西，一字一顿地说道："有人说是你杀的。"

　　马北西脸上还是那种迟钝的表情，他说："你们爱说啥就是啥，反正坏事都是我干的。"

　　雷德禄说："你个狗日的老地主，还嘴硬。我捆你一绳子，看你嘴还硬不硬。"

　　马北西不敢再说话了。他担着粪桶继续向前走。一阵风吹过来，马北西的背影摇摇摆摆，像风摆枯萎的荷叶。

雷德禄追上两步，一把抓住臭烘烘的扁担，呵斥道："先甭走，把你杀人的罪行交代清楚。"

马北西放下担子，看着雷德禄说道："我没杀人。"

雷德禄说："你杀没杀人，不是你说了算，而是我说了算。我说你杀了人，你就肯定杀了人。"

马北西说："人命关天的事情，来不得半点含糊。我过去剥削贫下中农，但杀人的事，我绝不敢。"

雷德禄说："你们这些地主资本家，满脑子的脓水，不给你们上刑，你们绝不会招。"

马北西被雷德禄带到了生产队革命委员会，村庄里的人叫队委会，其实就是一间破草房，房顶上有几个破洞，麻雀从破洞里穿进穿出。这间破草房以前是磨坊，两扇磨盘叠放在一起，就成了磨面机。下面的磨盘不动，上面的磨盘中间有洞，把小麦倒进去，旁边有一根伸出磨盘的木棒，毛驴拉着木棒，带动磨盘转动，小麦就会磨成面粉。

几年前，周围的十里八乡都通了电，邻村有户人家买了磨面机，只要皮带带动两个铁轮嗡嗡转动，面粉就流进了木框里。毛驴拉动的磨盘就淘汰了。有磨面机的那户人家，给家家户户磨面都不收钱，其实大家也没有钱。如果你收钱，那还不如在磨坊磨面。乡村有的是时间，再说，吃这点苦也不算苦，只要能省钱就愿意。有磨面机的那户人家，赚的是藏在磨面机里面的面粉。每户人家磨完了麦子，他把磨面机倒腾倒腾，就能倒腾出几把面粉，够蒸几个馒头了。所以，别人家吃不饱，磨面的人家馒头吃不完。

磨坊淘汰了，就做了队委会。

吕长苟坐在队委会中间的一把高背椅子上，手放在椅子两边的扶手上，房子里唯一的这把带扶手的椅子，就代表着权威。只有队长才能坐这把椅子。民兵排长雷德禄坐在小凳子上，比队长吕长苟矮了一大截。老地主马北西蹲在地上，他瘦骨嶙峋，像一件丢弃的破棉袄。

吕长苟先清了清嗓子，像在社员大会上讲话一样，一字一板地说："你的罪行，我们都调查清楚了，你杀害了放羊老汉，这是对贫下中农的猖狂进攻。"

马北西说："不是我杀的。"

雷德禄站起来，跨前两步，指着马北西呵斥道："不是你杀的，那你说是谁杀的？好好看看村子里，还有谁是阶级敌人。"

马北西说："这种事情，我怎么敢瞎说，但我只知道我绝对没有杀。"

雷德禄举起手臂，准备抽打马北西。马北西怕冷一样地缩起脖子。

吕长苟喊住了雷德禄，他对马北西说："你说说，昨晚你都干什么了？"

马北西说："我和有财在一起。"

吕长苟说："把王有财叫来。"

王有财是全村年龄最大的那个人，他衰惫得就像一根枯萎的瓜藤。全村人见了王有财，都要叫"有财叔"、"有财爷"，只有马北西叫他王有财。

很早以前，王有财是马北西家的长工，而且是唯一的长工，常年住在马北西家。家中的一切，包括儿女的抚养，都交给了老婆。每个月月底，王有财都从马北西家背一口袋小麦回家，作为工钱。这一口袋小麦，就够家里娘儿几个吃一个月。

王有财拄着拐杖颤巍巍地走进了队委会，他每走一步，那根桐木拐杖就要在身前欢欢喜喜地划着半圆。村子里的人都不知道他今年多少岁了，事实上连他也不知道自己有多少岁。他很小的时候就没有了父母，没有人知道他出生于光绪哪一年。他只知道自己小时候的皇帝叫光绪。

吕长苟费了好大的劲，才给王有财说清楚了放羊老板被杀的来龙去脉。他问："你昨晚在哪里？"

王有财说："我在窑里睡觉。"

吕长苟问："你和谁睡觉。"

王有财说："和东家。"王有财口中的东家，就是自己给扛长工的人，就是马北西。

吕长苟又问："马北西什么时候离开的？"

王有财说："上工铃声响了，才离开的。"

吕长苟又问："马北西半夜有没有离开？"

王有财说："我们说到了鸡叫头遍，人老了，就瞌睡少。"

雷德禄总想找点阶级斗争新动向，他问道："你们都说什么？"

王有财说："都是些陈谷子烂芝麻的老事，说的那些人都埋在了地底下。"

一直蹲在地上一声不吭的老地主马北西，这下终于站了起来，他说："我一直老老实实接受劳动改造，我从来不会做杀人放火的事。"

雷德禄呵斥道："蹲下。"

马北西不敢再吭声，赶紧老老实实蹲在地上，双手抱着脑壳。

老地主马北西和老长工王有财说了一晚上话，没有作案时间。这件事让雷德禄很恼火。

他本来以为破案的事情，手到擒来，只有阶级敌人才会对贫下中农下毒手，没想到，第一个排除嫌疑的，就是阶级敌人马北西。

雷德禄懊恼地走出队委会，他看到天空已经开满了星星，争先恐后地眨着眼睛。雷德禄知道供销社肯定又聚集了一群人，就信步向着供销社走去。

每天从黄昏到夜半，供销社都是最热闹的地方。

供销社里摆着一排货架，但货架上除了几条羊群烟，和几捆乌黑麻漆的烟叶，还有几本《毛泽东选集》，再空空如也。那时候，一盒羊群烟九分钱，是社员同志们唯一能够抽得起的香烟。农民干活挣工分，年终分红，干一天活，也就只能赚到一盒羊群烟。

供销社的货架前放着一口大缸，缸里是食盐，黄色的食盐板结成大大小小的硬块，大的如同拳头，小的如同弹珠。吃饭的时候，需要把食盐用榔头捣碎了，才能够食用。大缸的旁边放着两口大瓮，一个里面放着醋，一个里面放着酱油。瓮沿上，挂着两把舀勺。舀勺是用来舀酱油和醋的，一勺代表一两。

社员同志们干完了一天的农活，只要不是刮风下雨，都喜欢聚集在供销社门口聊天。

聊天，是他们唯一的精神生活。

雷德禄距离很远，就看到供销社门口挂着一盏电灯，昏黄的灯光照着门口黑压压的一片人，有的坐在杌子上，有的脱了鞋坐在地上。大家都安静地听一个人讲故事。

讲故事的人叫王进坤，他是村中识字最多的人，他家里有一本被翻得卷了边的《阅微草堂笔记》，这本书只有他能够看懂。村中还有几个识字的人，实在找不到书看，就拿着《大刀记》、《金光大道》、《虹南作战史》等等这些砖头一样厚的书，想和他交换，可是，他们一打开《阅微草堂笔记》，就连呼看不懂。

王进坤上过私塾学堂，所以他能够看懂文言文。他有一肚子的鬼故事，这些故事都来自清朝人写的《阅微草堂笔记》。他也有一肚子的见识，村子里的人遇到什么疑难事，都会向他讨主意。

王进坤坐在一把有靠背的椅子上，正在给社员同志们讲：

"从前，有一个书生，上京赶考，夜晚住在寺庙里。睡到半夜，听到隔壁传来一个女人的声音：书生哥，书生哥，醒一醒。书生醒来了，就问道：你是谁？那个女人说：我家在李家河，邻村的张秋生把我拐骗到这里，你给我爹捎个信，就说我在这里，我爹叫李根有。书生说：我记住了，张秋生去了哪里？可是，隔壁再也没有了说话声。书生觉得非常奇怪……"

社员同志们鸦雀无声，人人都被王进坤的故事吸引了，有人张开嘴巴，口水顺着嘴角流出了很长，忘记了吸回去；有人手中夹着烟头，忘记了吸一口，直到烟头烫着了手指，才赶紧把烟头丢了。

王进坤接着讲：

"好不容易等到了天亮，书生赶紧起身，走到隔壁房门口，突然大吃一惊，他看到隔壁的房门上挂着一把生锈的铁锁，显然很久没有打开过……"

雷德禄悄无声息地坐在灯影里，他听见周围好几个人听得入迷，连大气都不敢喘。

王进坤继续讲：

"书生叫来方丈，说了昨夜他听见的那个女人的声音。方丈也大为惊讶，他说：这个房门三年都没有打开过。三年前，来了一对男女，说是夫妻，在山里迷路了，请求借宿。方丈看到他们说得可怜，再说这里前不着村后不着店，要把他们推出去，只会被虎狼吃了，所以就留下他们住宿。可是，天亮后，找不到了那个男子了，房间里只剩下一具女人的尸骨。方丈不知道这对男女的来历，也就没有报案。书生问：你知道李家河吗？方丈说：知道啊，往西边翻过两座山，就是李家河了。书生觉得这事蹊跷，就告别方丈上路了。他走了一整天，黄昏时候来到一座村庄，一打听，正是李家河。再一打听，村子里果然有个人叫李根有。书生走进李根有家，说了他昨天听见的话，李根有拍着大腿说：那是我女儿啊，我们找了整整三年，都没有找到。李根有带着本族人，悄悄来到邻村，把张秋生从被窝里揪出来，押解到了县衙门里。一顿棍棒打下去，张秋生什么都招认了，三年前，他确实把李根有的女儿骗出去私奔，半夜两人起了争执，他一失手就把那女儿杀死了。"

王进坤的故事讲完了，大家还沉浸在故事中，供销社门口出现了短暂的寂静，只有几只萤火虫在人群中跌跌撞撞地飞来飞去。

黑暗中，有人说："进坤叔，再讲个鬼故事吧。"

还有人说："进坤叔的故事都是非常好听的。"

王进坤没有吭声，有人把自己泡好的砖茶递到了王进坤的手中，还有人把香烟主动递到了王进坤手中，并给他点燃了。

王进坤喝了一口茶水，再吸了一口烟，烟雾从他的鼻孔里喷出来，袅袅娜娜地包裹着他，在昏黄的十五瓦电灯光映照下，他显得异常诡异，又异常神秘。

王进坤顿了顿，接着说道：

"有一个女人，夜晚睡觉，把银簪子放在炕墙上。第二天早晨，发现银簪子不见了……"

有人问道："啥叫银簪子？"

黑暗中有很多人跟着附和："银簪子是个啥？"

王进坤说："银簪子是用来固定头发的，是用白银打造成的，有各种各样的形状，老值钱了。"

又有人说："那不就是红头绳嘛。"

王进坤说："对，和红头绳的作用一样，但比红头绳值钱多了。"

接着有人说："货郎那小子好久没来了，不知道遇到啥事了，我家娃娃都没有红头绳了。"

有人好像恍然大悟，说道："是的啊，好久没看到货郎了。"

又有人提高了声音说："你们到底还想不想听鬼故事。"

前面说话的那些人一齐噤声了。

王进坤接着说道："这个女人的银簪子不见了，她觉得很奇怪，昨晚门窗明明关得好好的，难道贼娃子会从天上来？可是也不对啊，这屋子没有天窗啊，贼娃子从哪里进来的？她决心要看个究竟，她知道，贼娃子都会走回头路的，所以，第二天晚上，临睡前，她又把一根银簪子放在炕墙上，然后点亮油灯，躺在床上，装着自己睡着了。到了夜半时分，门外突然传来了轻轻的声音，好像是脚步声，她从被缝里向外偷看，看到一个纸片人从门槛下钻进来，站在地上，腰身扭来扭去。说来奇怪，他每扭一次，就长高一寸，每扭一次，就长高一寸……最后，长成了两米高。这次，他没有偷银簪子，而是一手揭开了床上的被子，另一只手卡住了女人的脖子……"

所有人都屏住呼吸听王进坤讲鬼故事，而雷德禄的心思却没有在故事上，他看到了灯光没有照耀到的地方，有一个人影鬼鬼祟祟，藏在树影里，想要过来，又不敢过来。

雷德禄想起了王进坤刚才说过的话——贼娃子都会走回头路。这个人鬼鬼祟祟，一定是做贼心虚。这两天村子里有什么事？只有放羊老汉被杀了这件事。雷德禄想，肯定是这个鬼鬼祟祟的人杀了放羊老汉。

雷德禄顾不上听王进坤的鬼故事，他悄悄起身，走出灯光照耀的地方，将自己的身影融入黑暗中。他悄悄地迂回到那个鬼鬼祟祟人的背后。那个人发现背后有人，刚想跑，就被雷德禄一把扑倒了。

雷德禄用手捏着他的脖颈，将他从地上拎起来，一看，原来是村庄里的二流子白家有。

白家有没爹没娘，每天像只耷拉着翅膀的鸟一样在旷野游荡，谁也不知道他吃些什么，也不知道他睡在哪里。人家院子里的蔬菜，地里还没成熟的庄稼，都被他采摘吃了。他就这样饥一顿饱一顿地活到现在，活得身上没有四两肉。

雷德禄问白家有："你他妈的在这里瞅什么？"

白家有说："啥也没瞅。"

雷德禄一扬手，就给了白家有一个耳光，耳光响亮，让白家有感到自己半张脸都被撕裂了。供销社门口的人听到响声，全都把头转了过来。

雷德禄掐着白家有的脖子，把他拉到了有灯光的地方。白加油像一只被绳子套住脖子的黄鼠狼，踮起脚跟，不敢反抗。

有人问雷德禄："这货又犯了啥事？"

雷德禄说："我刚才看到这货在树背后贼眉鼠眼，往这边偷看，肯定没有干什么好事。"

人群里有人鼓噪："这货要挨打哩，不打是不会招的。"

雷德禄说："对着哩。"他照着白家有的屁股上踢了一脚，踢的白家有呲牙咧嘴，他喊道："跟老子到队委会走。"

老地主马北西摆脱了嫌疑，雷德禄又开始怀疑二流子白家有。

雷德禄押着白家有向队委会走。月亮从云层里露出来，照耀得乡村小道一片惨白。道路两边，是刚刚收割完毕的麦田，田地里只剩下半拃高的麦茬，突然有一道黑影从麦茬地里跑过，那是偷运粮食的田鼠。穿过麦田，是一小片树林，树林边，有两个孩子提着玻璃罐头瓶，在捉知了。

雷德禄对着那两个孩子喊："快去叫队长，就说我在队委会等他。"

两个孩子答应一声，就提着半罐头瓶子的知了跑了。

雷德禄押着白家有刚刚来到队委会，就看到队长吕长苟光着膀子，披着汗衫，一头汗水地走进来了。

吕长苟一走进来，就说："事情麻烦了，王定娃挡住不让埋人。"

雷德禄说："王定娃只是个贫协主任，你是队长，他敢不听你的。你说埋人，他怎么敢反对？"

吕长苟说："话不能这么说，王定娃只是个贫协主任，可他是本村人，王家在村子里家大势大，根基深厚，谁也惹不起。"

雷德禄问："王定娃为什么不让埋人？入土为安嘛。"

吕长苟说："他说，没有找到凶手，就不能埋人。"

雷德禄问："那怎么办？"

吕长苟说："我让人把放羊老汉放在后山的山洞里，山洞里凉爽，可也放不了多久，尸体就会臭，你可得赶紧破案啊。"

雷德禄指着一直站在碾盘边不敢吭声的白家有说："这不，我把杀人凶手捉来了。"

白家有看到雷德禄指着他，赶紧说："我没杀人，我真的没杀人。"

雷德禄照着白家有的屁股踢了一脚，白家有一屁股坐在了地上。雷德禄说："你没杀人？你没杀人，怎么溜墙角偷看我。"

白家有说："我没看你，我看的是供销社。"

吕长苟问："你看供销社干什么？"

白家有支支吾吾地，不敢说了。

雷德禄说："这货是要挨揍哩，不揍他他就不说。"

雷德禄扭头看到墙上挂着一节牛皮绳，绳子扭结的缝隙间，还有黄色的牛毛。他把牛皮绳拿在手中，一下子抽打在白家有的背上，白家有背上的衣服撕裂了，他发出杀猪一样的嚎叫声，他脖子上的伤疤闪闪发亮，那是被狼咬下的伤疤。这些年来，他一激动，脖子上被狼咬出的伤疤就会发亮。

雷德禄呵斥道："快说，你昨晚干什么了？"

白家有哭哭啼啼地说："我……昨晚偷了供销社。"

雷德禄问道："都偷了什么？"

白家有说："啥都没偷。"

吕长苟在一边说："你偷了供销社，却啥都没偷，这话谁信？"

白家有说："我撬开供销社的门槛板，钻进去，看到里面没有吃的，也没有钱，就又钻了出来。"

雷德禄问道："你刚才在供销社门口鬼鬼祟祟，是不是还想偷第二次。"

白家有哭着说："不是的，我是想看看供销社发现没发现昨晚有人进去过。"

线索又断了，雷德禄颓然坐在碾盘上。

他本来想依靠这个案件一举成名，然后去当兵，复员转业当公安，没想到，接连找到的两个嫌疑人，都不是凶手。

吕长苟在队委会踱着步子，陷入了沉思。突然，他盯着白家有的脸，问道："你昨晚都看到谁了？"

白家有一脸惊愕，他定了定神，这才说道："见到了姬满囤。"

"见到姬满囤做什么？"

"见到姬满囤走路。"

"你在哪里看到他走路？"

"在村口。"

"什么时间？"

"月亮升上头顶，半夜了。"

"姬满囤说什么了？"

"我问满囤哥，去哪里？咋还没有睡觉？他嗯嗯两声，就赶紧走开了，路上还被绊了一跤。"

吕长苟和雷德禄交换了一下眼神，两人都想到一起了。

吕长苟说："去叫姬满囤，这里面有情况。"

第三章　奸情败露

姬满囤是生产队的保管员。这年头，别人家吃不饱，而保管员家吃不了。至今，村庄里还把那些长得胖胖的小男孩叫"小保管"，把脸上有赘肉的脸叫做"保管脸"。

保管员姬满囤的腰间，总是系着一条宽宽的帆布带，帆布带上绑着一根细细的绳子，绳子的另一端，是大大小小的钥匙。姬满囤一走路，那些钥匙就发出清脆的碰撞声。人们听到这种声音，就会肃然起敬，就知道保管员来了。

生产队的领导干部有：队长、妇女队长、贫协主任、会计、保管员、记工员、民兵排长，但是，最肥的，是保管员。

保管员看管生产队的所有生产资料。生产队的资料包括农具、牲口、粮食、草料。国家每年拨发的救济粮和救济物品，比如棉衣棉被，也由保管员管理。保管员官不大，但是他下面还有管理的人，这就是饲养员。生产队的活路一直非常繁重，春种秋收就不说了，夏季修水渠，冬季填窟窿，每个下地干活的人都忙得团团转。

秋季多雨，一块块梯田都被大水冲出了一个个窟窿，社员同志们每年冬季，都要用两个月时间，从高处起土，把窟窿填平，否则来年春天就没法种地了。在生产队，一年四季，除了下雨下雪，其余天天在地里干活。

因为地里活路太繁重，给生产队喂养牲口就成了人人羡慕的工作，而安排谁喂养牲口，就由队长和保管员说了算。保管员管理牲口和草料，只要他提出谁来喂养牲口，队长都会答应的。

为生产队喂养牲口的，是姬金榜，是保管员姬满囤的本家。

生产队喂养了十二头牛，三匹马，一头骡子，一头毛驴。姬金榜每天的任务，就是把铡成短节的麦秸草，倒在饲养室的食槽里，然后再拌上麸皮和黄豆，加一点水，搅拌均匀，牲口就可以吃了。麸皮，就是小麦磨成面粉剩下的壳子，很粗糙，难以下咽，人不吃，只有牲口吃。黄豆很金贵，只有到农忙时节，需要牲口出大力，才会加上一点黄豆。

生产队里有一架胶轮车，车厢是普通架子车的好几倍。姬金榜每天的任务，除了喂养那一堆牲口，每天早晨还要把胶轮车套好，那头高大秀美的白色骡子套在车辕里，社员同志们给这头骡子起名就叫"架辕骡子"，架辕骡子的前面，还有一字排开的三匹马，用长长的拌绳和胶轮车连接在一起。这四匹高脚牲口一起拉着装满车厢的胶轮车，高脚牲口脖子下的铃铛一路叮当响，距离很远，人们就欣喜地说："胶轮车过来了。"胶轮车，就是那个时代的豪华跑车。

胶轮车上，一定会配置着一把长鞭，一把短鞭，长鞭的鞭梢系着红樱子，短鞭的鞭把上刻着图案。长鞭的鞭把是一根晃晃悠悠的细竹子，短鞭的鞭把是一根光溜溜的木棒子。长鞭是用来鞭策前面的三匹马，短鞭是用来驱赶架辕骡子。赶着胶轮车的小伙子，叫姬明哲，一个瘦瘦高高的长得很精神的小伙子，他夏天的时候，总喜欢穿着一件白色的背心，因为这件白色背心上印着一个大大的"奖"字。尽管背心已经磨出了几个破洞，可他仍然珍惜得不得了。

和社员同志们修水渠填窟窿比起来，赶车实在是一件轻松的活路。赶车是一件技术活，属于技术工种，尤其是这样大的胶轮车，套上这么大的四头高脚牲口，一般人哪里赶得了？麦子收割完毕，需要用胶轮车拉到打麦场；粮食晒干捡净，需要用胶轮车拉到公社粮站交公粮；其余的时间，需要把饲养室里的牛粪马粪拉到田地里施肥。胶轮车上路了，车把式坐在车辕上，甩响手中的长鞭，啪啪啪的清脆的声音传出很远，夹杂在一路的铃铛声中，听起来特别舒心悦耳。

饲养员、车把式，都是生产队里的好工作，保管员姬满囤都安排自己的本家来做。

昨天夜半，保管员姬满囤不好好睡觉，他跑出来干什么。

雷德禄踏着一地月光，一路都在想着这个问题，来到了村中央的井台边。村庄里一片寂静，偶尔会响起几声狗叫，可是叫着叫着，觉得无趣，就自己停止了吠叫。

井台是用大青石垒摞而成的，足足有一米高，这是防止那些不懂事的孩子爬上去后掉进井里。井台上架着一个巨大的辘轳，辘轳上盘了几十圈粗壮的井绳。井绳有多长，井水就有多深。据说这口井深达三十六丈，但谁也没有量过。有时候，遇到天气晴朗，井绳会盘放在井台上进行晾晒，一圈又一圈，一圈又一圈，像一条盘曲的巨蟒，看得人头皮发麻。因为井水太深了，需要两个人面对面站着，转动辘轳，才能吊起一木桶井水。

这地方缺水，早晨起来，把搪瓷脸盆立起来，靠墙放着，倒上一碗水，一家人用这一碗水洗脸，洗完脸后，水就黑得像墨汁一样，还舍不得倒掉，要留着碗上洗脚。

一碗脏水怎么洗脚？用布片浸泡在这碗水里，然后拿起来，把全家人的脚擦一遍，这就叫洗脚。

洗完脚后，这一碗水就只剩半碗了，还浓稠得像柏油，然后倒在树坑里。这地方因为缺水，树要长成材，需要很多年。

雷德禄来到了井台边，因为刚才说了很多话，又着急上火，感到嗓子眼里火辣辣地疼痛。他跳上井台，看到月光下的井口，被井绳磨出了很深的凹槽，那是世世代代的井绳放进深井里的时候，把石头井台磨成了这样。那一刻，他突然想起了老秀才王进坤说过的一句话：水滴石穿，绳锯木断。一个人只要专心干一件事情，最后一定会成功。对呀，放羊老汉凶杀案这件事情，只要他努力，就一定能成功破案的。

井口边放着木桶，被井水浸湿的木桶看起来就异常沉重，雷德禄把木桶倾斜了，想要从里面倒出一口水喝，可是里面连一滴水都没有。

雷德禄失望地跳下井台。

保管员姬满囤的家就在井台边。

雷德禄轻轻地叩响了姬满囤家院门上的门环。他觉得当当当的声音在寂静的夜晚，传出了很远。

姬满囤家的院门是全村少有的双开黑漆大门，门边裹着铁皮，门扇上钉着两个铁环。风一吹，门环就会和门扇撞击出声响。全村装有这种大门的，只有几户人家，其余人家，都安装的是单面开的栅栏门，栅栏门是用木框钉作，中间用柳条编织。两扇对开的黑漆大门一关闭，严丝合缝，连一只苍蝇都飞不过去。而单开的栅栏门，缝隙很大，都能钻进一只狗。

雷德禄站在姬满囤家的院门口，悲哀地想：老子的家里啥时候也能装上这样的院门？他站在这样的院门前，就油然而生了一种自卑感。他轻轻拍响了门环。

院子里没有回声。

雷德禄再次加大力度拍响门环，心砰砰跳动着，几乎要夺腔而出。院子里终于有了回应，是姬满囤带着痰音的模糊不清的声音，他问："谁呀。"

雷德禄回答："我。"

院子里的姬满囤又问："谁？"

雷德禄又回答："我。"

姬满囤似乎不满意了，他加大了声音，问道："你到底是谁？有什么事？天大的事明天再说。"

雷德禄说："队长叫你去队委会。"

一听说是队长叫，姬满囤不再问了。雷德禄趴在院门上，透过门缝，看到院子里的灯光亮了。

雷德禄把姬满囤带到了队委会。

姬满囤看到队长吕长苟坐在灯光下，灯光像水一样泼洒在他的脸上，让他的脸一块白一块黑，显得光怪陆离。姬满囤向队长问声好，可是他看到队长一动不动，连一句招呼也不打。姬满囤的脸一下子变得惨白，头顶上的汗珠流了下来。

吕长苟说："你半夜三更跑出来干的好事，现在我想保你也保不了了。"

姬满囤的嘴唇颤抖着，双手也在颤抖，可他还在强作镇静，问道："我干的什么好事？"

吕长苟说："若要人不知，除非己莫为。你自己干的事情你自己知道。你以为没人看到你，其实昨晚很多人都看到了你做的事情。"

姬满囤听到队长这么说，他的心理防线一下子垮了，他跪在队长面前说："队长，求求你，这事甭让村子里人知道了，都是她勾引我的，她拉我上床的。"

雷德禄听到这么说，大为惊异，拉他上床？莫非两人说的就不是一件事？

吕长苟也是惊讶不已，可是他的脸上却不动声色，他说道："你能够认识到错误就好，现在把你们的事情原原本本说出来，向组织交心，组织考验你的时候到了。"

生产队有个女人名叫郑小琴，是本村人王世杰的老婆。

王世杰在煤矿当矿工，郑小琴是全村最漂亮的媳妇。那时候姑娘们的择偶标准是：一工二干三教员，宁死不嫁庄稼汉。姑娘们找对象的首选，是工人。工人阶级领导一切，工人们的工资比较高，比干部的工资都高。

郑小琴长得很白很漂亮，偏偏王世杰长得又黑又丑陋。生产队的人看到这两个人走在一起，都说：一朵鲜花插在狗屎上。狗屎还不如牛粪。

那时候抓革命，促生产，农民每天都很忙，工人也很忙，平时哪里能够请到假？所以，王世杰一年也回不来几次。

郑小琴长得漂亮，却很少下地干活，一般漂亮的女人都娇滴滴的，娇滴滴的女人都不愿意干粗活，农活是最粗的粗活。

郑小琴不经常下地干活，就挣不到工分。挣不到工分，就分不到粮食。分不到粮食，就得饿肚子。

工人阶级的王世杰工资高，有钱，但在那个年代，有钱也买不到粮食。集市上就没有卖粮食的。大家都不够吃，谁会把自家的粮食拿出来卖掉？

郑小琴没有吃的。保管员姬满囤看在眼里，记在心里。

郑小琴家还有一个瞎眼婆婆。平时瞎眼婆婆和她生活在一起。

那些年的乡村，医疗不发达，瞎眼婆婆生了七个娃，只活下来王世杰一个。其余的六个娃都没有活过百天。民间传说，只要孩子活过了百天，身体抵抗力就好了，可以长大成人。那时候的孩子，很多都没有活过百天。每座村庄都有一座乱坟岗，乱坟岗里丢弃的，很多都是没有活过百天的婴儿。

瞎眼婆婆死了六个娃，又早早死了丈夫，她整天哭，成天哭，结果就哭瞎了眼睛。

郑小琴家有两面窑洞，一面住着瞎眼婆婆，一面住着郑小琴。

这一天，保管员姬满囤来到了郑小琴家借收音机。

全生产队，只有郑小琴家有一台红灯牌收音机。

全生产队的人很多年后都记得，那天下午，当王世杰出现在村口，一只手推着自行车，另一只手抱着这个木头匣子，全村的孩子全都围了上去。王世杰不知道把哪里拧了一下，木头匣子里就传出了《东方红》的声音。这下，全村的成年人也都围了上去。

王世杰被围在里三层外三层之中，他骄傲地说："这叫收音机。人家城市里的人，家家户户都有这。"

那时候，正赶上放羊老汉把羊群赶进了羊圈里，他抱着羊鞭，指着收音机问王世杰："这里面得是有唱歌的小人人？"

王世杰不屑于跟放羊老汉说话，他是有钱人，有钱人家里都有红灯牌收音机，有红灯牌收音机的人，怎么能和打了一辈子光棍的放羊老汉说话。王世杰的鼻孔里哼了一声，对放羊老汉连一眼也没有看。

老秀才王进坤没有见过收音机，但是老秀才熟读《阅微草堂笔记》，他是全村最有学问的人，他说：

"这么小的一个木头匣子，里面怎么住得下小人人？这里面肯定是有发声的机械，机械这东西能得很。"

王世杰听到王进坤这样说，赶紧点头说道："还是我进坤叔有学问，这里面就是有会发声的机械，机械的本事大得太太。"

那时候，王世杰和郑小琴家这台红灯牌收音机，是全生产队唯一的现代家用电器。

生产队有一个媒婆，名叫黄水娘。

那些年，黄水娘是全生产队最勤劳的人，他那双不到一拃长的小脚，走遍了十里八乡的每条道路，翻过了所有的沟沟峁峁，走进过几乎所有人家的院子里。全公社谁家有到了婚嫁年龄的小伙子和大姑娘，她全都了如指掌。她熟悉全公社的每一个人，就像熟悉自己的脚趾头。

黄水娘胆子特别大。她说成了难以计数的婚姻，每对新人结婚的时候，都得请媒人到场。她一到场，就免不了像个男人一样喝酒。她酒量很好，从没有人见她喝醉过。她也像个男人一样，叼着一根长烟杆。

媒人都习惯了走夜路。出席完了新人的婚礼，吃饱喝足了，就夜深了。夜深了也得赶回去，不能耽搁第二天的农业生产。在生产队，无论你是媒人还是匠人，都要把农业生产放在第一位。说媒和做匠人活，都是农闲时候的事。

这一天晚上，满天星斗，没有月亮。黄水娘酒足饭饱后，就踏着星光往回走。

路过一片坟地，她回头一看，看到身后跟着一个人。她走快，那人也走快；她走慢，那人也走慢。可是，那人却没有脚步声。

媒婆黄水娘经多见广，她知道今晚遇到鬼了。鬼是一团气，身子飘忽，走路没有脚步声。遇到鬼，她也不怕。媒婆这一辈子，啥事没经过？啥事没见过？

黄水娘坐在了路边一块石头上，点着了烟锅，抽了一口。

鬼来到了黄水娘身后，问道："到王家畔怎么走？"是个女鬼。

黄水娘没有答应。因为黄水娘听熟读《阅微草堂笔记》的老秀才王进坤说过，你不能和鬼说话，你一和鬼说话，鬼就会扑到你的身上。

女鬼又问："到王家畔怎么走？"

黄水娘一声不吭，她把长烟杆从嘴角拿开，把烟锅在石头上磕，想磕掉里面的烟灰。

身后突然传来女鬼痛苦的尖叫声，然后，女鬼边叫边逃离，声音渐渐消失在坟地里。

原来，烟灰里面有烟叶的灰烬，灰烬烫着了女鬼，女鬼吓得逃走了。

这件事是不是真的？不知道，黄水娘给生产队的人是这么讲的。生产队的很多人都相信。

这个故事，也在夜晚供销社的门口讲了无数遍，最后，一个鬼演变成了一群鬼，一个声音温柔的女鬼变成了一群青面獠牙的男鬼。

媒婆黄水娘给保管姬满囤的儿子说了一个媳妇，那姑娘准备来姬满囤家"看屋里"。

那时候，说一门媳妇，是有程序的，每一个程序都不能乱。

首先，在媒人的带领下，男女双方见面。

见面后，都对上眼了，看上人了，然后就"看屋里"。

看屋里，指的是女方到男方家，看男方的家境，有几间房子？有几口人？喂了几头猪？家里都有啥家当？

如果看上了人，也看上了屋里，那就准备订婚。

订婚，就是女方父母来到男方家中，男方家里摆酒设菜，好好招呼女方家人。以后，就表示这个姑娘是你家的人了，等着你迎娶。

但，没有迎娶前，还不是你的人。

这时候，无论是男的还是女的，想要见面，必须经过媒人允许。即使你知道对方家在哪里，你也不能去见面，否则会被所有人认为轻浮，这门婚事就会黄了。

整个程序中，"看屋里"是个重要环节。

保管姬满囤为了让自己显得是个有钱人，就去郑小琴家借那台生产队唯一的红灯牌收音机。

那时候的收音机是紧俏商品。甭说保管姬满囤家有粮没钱，粮食又不能卖钱，谁敢在大街上卖粮食啊，粮食都属于集体的。就算保管姬满囤家有钱，他也买不到收音机，供销社里就那几样商品，哪里会有收音机卖？买收音机买自行车这些工业品是需要条子的，你没有条子，公社革委会主任都买不到。

姬满囤来到郑小琴家，站在当院里，说明了来意。

郑小琴没说借，也没说不借，只是坐在门槛上说："这几天身子骨不得劲。"

姬满囤问："为啥不得劲？"

郑小琴说："我一天在我娘家，顿顿都有白蒸馍，自从嫁给了挨千刀的王世杰，连包谷馍都吃不饱。"

郑小琴把话说到这个份上，就不再说了。她知道保管姬满囤肯定知道自己说的是什么意思。他要听不来什么意思，他还当什么保管呀。

果然，保管姬满囤转身走出去了。

当天晚上，村道上没人的时候，姬满囤背着半口袋麦子悄悄来到了郑小琴家院门口。他一到院门口，院门就无声打开了。

郑小琴是个聪明的女人，她知道姬满囤晚上会来的，所以给他留着门。

姬满囤把半口袋麦子放在了郑小琴的窑门前。郑小琴打开了窑门，一句话没说，就抱起收音机，塞在了姬满囤的手中。

另一面窑洞里，瞎子婆婆坐在黑暗中喊："小琴呀，是啥响声？"

郑小琴说："没有啥，你睡觉吧。"

姬满囤不敢说话，抱着收音机逃也似地离开了院子。听人说瞎子的听觉异常灵敏，果然是这样。

第二天下午，"看屋里"结束了，姬满囤去给郑小琴送收音机。

郑小琴坐在椅子上，神情很慵懒，慵懒的神情让她看起来更有女人味。她的手中拿着一把蒲葵扇子，有一下没一下地扇着，那只手皮肤白皙，白得炫目。

姬满囤哪里见过这种风情的女人，他狠狠地咽了一口唾沫。

他想走，又不甘心。半袋子麦子哩，半袋子麦子就换来用一天的收音机，他觉得自己太吃亏了。

他想去摸郑小琴的手，又不敢。他的心中像有十五只水桶打水，不但七上八下的，而且还碰来碰去，发出巨大的响声。

隔壁窑洞又传来瞎眼婆婆的声音："小琴，谁在屋里？"

郑小琴说："我满囤叔。"

瞎眼婆婆问："他来干什么？"

郑小琴说："他想听咱的收音机。"

郑小琴说完后，就准备去拧收音机的开关。偏偏这时候，姬满囤听到这样说，也想去拧开关，两个人的手就自然碰在了一起。

收音机的开关打开了，里面传来了歌曲《翻身道情》的歌声，一个高亢的女生在唱，声音千折百回，好像车把式姬明哲甩响了一串又一串的鞭花。

姬满囤抓住了郑小琴的手。

郑小琴往回收缩着手臂，嘴里却说："这《翻身道情》好听得很。"她是故意说给瞎眼婆婆听的。

姬满囤听到郑小琴这样说，胆子一下子大了，他把郑小琴搂在怀里，郑小琴的身子肉乎乎的，像凉粉一样富有弹性，让姬满囤的半个身子都酥了。

姬满囤故意大声说："真的好听，实在好听啊。"

郑小琴带着笑容想推开姬满囤，可是姬满囤的手臂像铁箍一样，哪里推得开？

姬满囤看到郑小琴这副表情，手就直接伸进了郑小琴的裤裆里。郑小琴嘤地轻轻呻吟一声，就倒在了椅子上。

姬满囤尽管年龄大些，但比她男人王世杰好看些。

偷情就像鸦片一样，有了第一次，就有了第二次，有了第二次，就有了很多次。

每次姬满囤来的时候，郑小琴就把收音机打开，不让瞎眼婆婆听到他们的鱼水之声。

那天，瞎眼婆婆说："这满囤一天不知道跑啥哩，一来就听收音机，一来就听收音机，有钱给你买去，没钱就甭听。"

郑小琴把瞎眼婆婆的话告诉了姬满囤，姬满囤说："我以后晚上来。"

郑小琴说："你把人家都弄了这么多次了，还想再弄？弄坏了，我家世杰以后咋用啊。"

姬满囤说："这世上只有累坏的牛，没有耕坏的地。"

郑小琴说："那可不一定，我说能弄坏，就是能弄坏。"

姬满囤问："那怎么才能弄不坏？"

郑小琴说："身体好了，那个东西就弄不坏。"

姬满囤一下子听明白了。

当天晚上，他扛着一口袋麦子，送到了郑小琴家。郑小琴听到瞎眼婆婆的窑洞里传来了轻轻的鼾声，就把姬满囤带进了自己的窑洞里。

姬满囤没有想到，他离开郑小琴家，在回自己家的路上，遇到了二流子白家有。

第四章　记工员是个好工作

队长吕长苟听到保管姬满囤说完了，就严肃地说道："你作为一名革命干部，丧失了阶级立场，和工人阶级的老婆搞在一起，工人阶级领导一切，你搞的不是普通人的老婆，你搞的是领导的老婆，你知道这样做的严重后果吗？"

姬满囤早就吓坏了，他坐在地上，像抽走了脊梁一样，全身都是散的。他头上的汗珠漾出了一层又一层，汗珠顺着脸滴答滴答流下来，浸湿了前胸后背。

队长接着又说："前两天我去公社参加重要会议，公社说，当前的阶级斗争新动向，就是抓搞破鞋运动，一旦发现搞破鞋的，立即会被公安抓走，轻则判十年，重则枪毙。"

姬满囤知道什么叫运动，运动就像狂风暴雨，摧枯拉朽，任何东西在运动的面前，都会被摧毁，都会被连根刨起，都会被化为齑粉，然后扫进历史的垃圾堆里，金猴奋起千钧棒，横扫千军如卷席……

姬满囤的意志彻底垮了，他跪在地上，接连磕头，额头碰得地面梆梆响，他说："队长哥救救我，给我一次改正的机会吧。"

吕长苟用玩弄的目光看着跪在地上，头也不敢抬的姬满囤，他沉吟了好一会儿，这才说道："这要看你认识错误的深刻程度，你先写上一份检讨书。"

吕长苟从抽斗里拿出纸和笔，说道："现在就写。"

纸是草纸，纸上面连完整的麦秸秆都能看到。笔是铅笔，也用得只剩下了一个铅笔头。

生产队里只有一支钢笔，那支钢笔是会计白家兴的。会计白家兴有件洗得发白的蓝色中山服上衣，中山服四个兜。农民没有兜，公社干部两个兜，县级干部四个兜。会计白家兴哪里有资格穿四个兜的衣服，这件衣服是他的一个县级干部亲戚穿旧了送给他的。四个兜穿旧了还是四个兜，四个兜就是身份的象征。会计白家兴穿上这件衣服，再给左上面的口袋别上生产队仅有的那支钢笔，人就显得非常有仪式感，非常有权威感，不是县级干部，胜似县级干部。他从公社街道上走过，所有人都要主动给他让路。他从马路上走过，所有人都要陪着笑脸给他打招呼。

会计白家兴要做账，做账得有钢笔，钢笔写下的字擦都擦不掉，铅笔写下的，一擦就掉了。

所以，会计白家兴用钢笔，队长吕长苟用铅笔。

保管姬满囤用半寸长的铅笔，很努力地写了一份检讨书。三十个字里，倒有一半是错别字。

吕长苟很认真地看了一遍，觉得能看懂是什么意思，就把这份检讨书折好后，放在了抽斗里，然后郑重其事地告诉姬满囤："你前段时间丧失了组织纪律性，犯下了极其严重的错误。但是，人谁都会犯错误的，犯了错误就改，改了后还是一个好同志。现在，组织决定，你以后必须和郑小琴划清界限，不准踏进她家一步，也不准和她说话，如果你再违反了，这份检讨书就会送到公安的手里。"

姬满囤擦着满头的汗珠，有一种劫后余生的感觉，他感到自己半个身子都掉在了悬崖边上，背后有人拉了他一把，将他拉离悬崖了。他对着队长吕长苟连连点头："您是我的救命恩人，您的大恩大德，我一辈子不会忘记。"

吕长苟摆摆手，对保管姬满囤说："麦子下来了，你先去趟公社，给公社革委会主任送袋麦子。"

姬满囤一连声地答应了。

第二天，全村人去割麦子，村道又变得空空荡荡。

吕长苟大踏步地从村道上走过，他的脚步声在村道上传出了气势磅礴的回响。他一直走到了郑小琴家，站在她家院门口那棵高大的皂荚树下，他中气十足地喊道："世杰家的，你出来。"

生产队喊女人的时候，从来不是喊女人的名字，而是喊她丈夫的名字，她丈夫叫张三，就喊张三家的；她丈夫是王麻子，就喊王麻子家的。在生产队，一个男人喊一个女人的名字，都犯禁，都不合礼数，男女有别嘛。

"世杰家的"郑小琴正在窑里看小说，她的日子过得很无聊，就只能用大部头小说来消磨时光，什么《大刀记》、《云崖初暖》、《青春之歌》、《野火春风斗古城》、《苦菜花》、《艳阳天》、《保卫延安》、《虹南作战史》……她全都看过，而且看了不止一遍。那个时候，所有的生产队里，也就只能找到这些大部头小说。老秀才王进坤手里有一部《阅微草堂笔记》，可是她看不懂，那是用古文写的。

"世杰家的"细皮嫩肉，她才不愿意干粗笨的农活，她嫁给了又黑又丑的王世杰，是因为王世杰是工人阶级，工人阶级有工资，从她嫁到王世杰家的第一天起，她就没打算干农活。如果要干农活，那还不如嫁给一个又干净又潇洒的农民。

郑小琴没有变成"世杰家的"前，也在娘家干农活，她娘家就在农村嘛。但是，那时候干农活和现在干农活不一样，那时候干，是给娘家挣工分，挣了工分就能分口粮，口粮分到娘家。现在成了"世杰家的"，她干农活，就是给世杰家挣工分，我这么细皮嫩肉的，凭什么要给你家挣工分？就凭你长得黑长得丑吗？

郑小琴是一个人，"世杰家的"是另一个人。

郑小琴听到村长吕长苟喊自己，就放下小说，走了出来。

吕长苟对郑小琴说："世杰家的，你跟我到队委会来一趟，有个重要的事给你说。"

吕长苟说完后，就自顾自地前面走了，他走路一瘸一拐，肩膀一高一低，但是郑小琴能够看到他的脚步很坚定，似乎每一步都要在村道上走出一个坚定的脚窝。

郑小琴猜想，也许吕长苟知道了自己的什么秘密，但是，郑小琴一点也不怵。

队委会里，郑小琴和队长吕长苟面对面坐着。

她的眼睛望着屋顶上的一个窟窿，表情平静如水，你不知道她在想什么，也许什么都没想。

吕长苟连一句寒酸都没有，他开门见山说："前天晚上，村子里发生的事情，你知道吗？"

郑小琴说："知道，放羊老汉死了。"

吕长苟用深不可测的话问道："你知道是谁杀的？"

郑小琴也用一种深不可测的话回答道："我一个妇道人家，怎么会知道这种事，再说，我也不关心这种事，我和放羊老汉连一句话都没有说过。"

吕长苟说："不对吧，有人说你前天晚上杀了放羊老汉。"

郑小琴嘴角挂着不屑的微笑，她说："谁说的？你让他出来和我对质。"

吕长苟说："你前天晚上干什么了？"

郑小琴说："我在家睡觉。"

吕长苟说道："你和谁在家里睡觉？"

郑小琴说："当然是我一个人。"

吕长苟冷笑一声，说道："不对吧。"

吕长苟打开抽斗，把那张纸放在郑小琴的眼前，让她看了一眼。然后，他以胜利者的姿态得意洋洋地说："你和一个男人睡在一起。"

郑小琴地脸色突然变了，然而很快又恢复了平静，像一缕风吹过湖面，荡起一圈涟漪，然而很快就风平浪静。

吕长苟问："你现在还有什么话要说。"

郑小琴说："原来就是这点事，你不是说我杀了人吗？"

吕长苟站起来，斜着一条腿，一只手插在腰间，他说道："你要搞清楚，现在全国正在如火如荼地开展打击搞破鞋运动，最少要判你十年以上。"

郑小琴说："我自己的事情，我家世杰都不管，国家怎么可能管！"

吕长苟说："你现在还没有意识到问题的严重性，你在用糖衣炮弹拉拢腐蚀革命干部，罪行极为严重。你只有老老实实认识错误，我才能挽救你。唉，我每天日理万机，废寝忘食，还要管你们这些破事。"

郑小琴不再说话，她可能真的意识到了腐蚀拉拢革命干部，是非常可怕的罪行，比"搞破鞋"还要严重。

吕长苟的手掌不失时机地落在郑小琴的肩膀上。

郑小琴肩膀一扭，滑脱了吕长苟的手。

吕长苟说："你自己考虑好，我相信你是个聪明人。截至目前，知道你和姬满囤这件事的，只有三个人，我、你、姬满囤。如果我把这件事情在社员大会上公布了，全生产队的人就知道了；全生产队的人知道了，王世杰就会知道了；王世杰知道了，会是什么后果，你自己想清楚……"

郑小琴的口气明显软了，他说："您是长辈，您肯定不会让全生产队的人都知道这件事的。"

吕长苟笑着说："那得看你配合不配合。"

吕长苟的手掌再次落在郑小琴的肩头。

郑小琴还是滑落了吕长苟的手掌，和一个走路一瘸一拐，满嘴臭味，头发长满了头皮屑的老男人睡在一起，郑小琴想都没有想过，她根本就无法接受。

吕长苟勃然大怒，他说道："你让保管睡，不让我睡，保管都归我管。"

吕长苟想着郑小琴会发怒的，可是，郑小琴没有发怒，她对着吕长苟笑着，笑成了一朵花，她用小拇指轻轻点着吕长苟的太阳穴说："你是队长嘛，全村的女人，你想睡谁就睡谁，谁敢不答应？小女子可没有说不让你睡，但现在你不能睡。"

吕长苟听到郑小琴这样说，一下子心花怒放，他搂着郑小琴说道："你说啥时候睡，啥时候能弄你？"

郑小琴用手掌挡着吕长苟臭气熏天的嘴巴，她慢条斯理地说："你回去好好洗个澡，里里外外全洗了，今晚我给你留着门。"

吕长苟兴奋得差点跳起来，可是那条跛腿跳不起来，他说："你真的让我弄你？"

郑小琴撒娇说："那个东西长在我的身上，我想让谁弄就让谁弄。"

吕长苟兴奋得魂飞天外，他在农村生活了一辈子，哪里见过这么会撒娇的女人，哪里见过能说出这种话的女人。他还没有弄，先有了弄的感觉。

黄昏时分，社员同志们拖着疲惫的身体从地里回来了，他们蹲在自家院子的屋檐下，吃着包谷面馍。

这时候，小麦刚刚拉回到打麦场，新麦子还没有磨成面粉，人人只能吃去年积攒的包谷面。

包谷面可以作成很多种吃的，包谷糊糊、包谷馇馇、包谷馍，包谷糊糊不抗饿，包谷馇馇很硬，难消化，扎肚子，只有包谷馍最实用。包谷馍虽然口感粗糙，难以下咽，但总比没有吃要好多了。

　　农村活路重，但一天只动灶火做两顿饭，下午地里干活回来，不动风箱不做饭，一人吃个包谷馍就行了。吃完就睡觉，又不干活，吃多了不是浪费嘛。

　　社员同志们正在吃包谷馍的时候，村道上突然响起了哐哐的筛锣声，然后，是队长的叫喊声：

　　"社员同志们，注意听好了，今晚进行防空演习，严防美帝国主义的飞机来空袭。所有人听我的命令，第一通锣声响过，全部进房间，插上门，不准出来；第二通锣声响过，大大小小所有人全部上炕，不准下来；第三通锣声响后，所有人都得睡着，睡不着的也得闭上眼睛。所有人，一律不准出门。哐哐——"

　　防空演习，这可非同小可，要是美帝国主义的飞机看到了，丢一颗炸弹下来，全生产队的人都被炸了，这个责任谁能承担？于是，全村大大小小的人，都赶紧走进房间里，连灯都不敢点亮。

　　村庄陷入了死一般的寂静和黑暗中。

　　吕长苟看到全村人都这么听话，他站在村中央的水井边，露出满嘴的黄牙笑了。

　　那天午夜，全村鸦雀无声，像一座古老的坟茔。只有惨淡的下弦月，像秤勾一样，挂在高高的树梢上。

吕长苟像一个影子，悄无声息地来到了郑小琴家。

院门虚掩着，房门也虚掩着，郑小琴早就在门轴里灌了菜油，这样木门推起来就没有声音。

在黑暗中，吕长苟摸到了郑小琴的炕上。郑小琴的窑洞里有一股香味，她的身上有更浓郁的香味。

那是洋胰子的香味，吸一口，都香到了心里头。郑小琴经常用洋胰子洗澡，而全村人一年也洗不了几次澡。

吕长苟一吸到洋胰子的香味，就深深沉迷，好像自己把世界上最美最香的女人搂在了怀里。

因为担心美帝的飞机给这座荒凉偏远的山村撂炸弹，那天晚上全村人都早早上炕睡觉了，睡得很踏实。甚至连全村的狗好像都睡觉了，连一声狗吠声都听不见。

吕长苟终于在巨大的寂静中把全村最漂亮的媳妇郑小琴弄了。

弄完后，吕长苟躺在床上，他感觉自己就像漂浮在云端一样，又感觉自己就像吹过山头的风一样，有一种眩晕的快乐。

吕长苟说：“这么多年白活了，从来不知道弄这事会这么舒坦。”

郑小琴说：“那是因为你没有遇到我，你早遇到我，你早就舒坦了。”

郑小琴一句话，又把吕长苟说得蠢蠢欲动。吕长苟觉得郑小琴身上有一种狐狸精一样的骚气，是男人都爱狐狸精，因为狐狸精有这种骚气。郑小琴和全村的女人都不一样，因为她一张口，一个眼神，都透着骚媚。

吕长苟摸着郑小琴，又想上来。

郑小琴推开了他，说道：“再甭弄了，你弄坏了，我家世杰就没法弄了。”

吕长苟说：“女人这东西是肉长的，还能弄坏？”

郑小琴说：“可不咋的，你要是都吃完了，就给我家世杰剩不下了，我家世杰回来吃什么？”

吕长苟说：“到天亮时辰还早，让我再弄一回。”

郑小琴说：“你光知道弄人家，也不关心人家心里难受不难受？”

吕长苟说：“咋了，把你没弄舒坦？”

郑小琴说：“你们都在参加社会主义建设，为祖国大厦添砖添瓦，把我一个人晾在村子里，倒显得我是一个落后分子，你说我心里难受不难受？”

吕长苟说："生产队地里的活，又累又脏，让你干你也不想干。"

郑小琴说："生产队就只有地里的活，再没别的活？"

吕长苟说："你看上了啥活，给我说。"

郑小琴说："我就看上了妇女队长那活。"

吕长苟说："妇女队长福海妈，跟个男人一样啥活都干，播种收割，拉车挑担……你咋就看上了这个活？"

郑小琴说："谁要干她那些粗活笨活，人家生产队里都是有专门的记工员，就咱们生产队里，是妇女队长和记工员一个人干。记工员这么重要的岗位，她福海妈那么大年纪，能干好吗？我看她干不好。全生产队上百口人，记错了一个人的工分，就影响全生产队的口粮发放。"

吕长苟终于听明白了，郑小琴这是要干记工员。

记工员是个好工作，也是全村最重要的工作之一。

全生产队每个劳力，都有一本工分册。每天劳动结束，黄昏时分，就全部去记工员家里登记工分。一个男壮劳力，劳动一天，记一个工作日；一个女壮劳力，劳动一天，记八分工；一个孩子，劳动一天，记三分工。一个劳动日等于十分工。

有工分的人，才能参加生产队分粮。工分越高，分粮越多。像郑小琴这样不下地干活的人，就没有工分，所以是分不到粮食的。

而记工员，属于生产队干部，每天登记有多少人干活，干什么活。每天黄昏，给所有参加劳动的人登记工分。

既然记工员是生产队干部，所以，记工员每天的工分，和一个男壮劳力一样，记一个工作日。

吕长苟听到郑小琴提起记工员，就答应道："我听你的，让你干记工员。生产队多少人都盯上了这个工作，我都没有答应他们，现在我能弄你了吗？"

郑小琴在黑暗中摸到了吕长苟的衣服，她笑吟吟地替吕长苟披上，说道："等我当了记工员，你想怎么弄就怎么弄。"

第五章　放羊娃福海

　　麦子收完了，打麦场堆起了一个个饱满的麦堆，像一个个身怀六甲的女人一样丰盈而满足。而收割完毕的田地，突然显得空旷而宽阔，像刚生完孩子的肚腹一样坦荡如砥。几只鹞子飞在田野的上空，慢慢悠悠，突然叫一声，声音在很远的地方回荡往复，经久不散。

　　打麦场成为了最热闹的地方。

　　孩子们在麦堆之间捉迷藏，欢声笑语像一群鸽子在打麦场上空弥漫。在打麦场边停歇了一年的碌碡现在派上了用场，麦子被平铺在打麦场，铺成了几个巨大的圆圈，每个圆圈的中间，都站着村子里驰名已久的庄稼把式，他们普遍干过几十年农活，每一种农具都使用稔熟，他们使用农具就像使用自己的手指头一样灵活自如。他们的手中牵着几根缰绳，每一根缰绳的尽头都拴着一头耕牛，每一头耕牛的后面，都拉着一个圆滚滚的碌碡。庄稼把式一声鞭响，牛群就拉动着碌碡慢悠悠地转起圆圈。在巨大沉重的碌碡碾压下，麦粒就从麦穗中破壳而出。

打麦场的旁边，是生产队的妇女同志们，她们手中拄着木叉，等待过会儿把平铺在地上的麦子翻个过，让另一面的麦穗被碌碡碾压。生产队的男人们，有的拿着木锨，有的拿着铁叉，拿木锨的准备扬场，把麦粒和麦壳分离出来；拿铁叉的准备把撵扁的麦秸秆堆成垛。麦秸秆是个好东西，铡碎后可以做牲口的饲料，还可以在冬季烧炕取暖。

打麦场上的每个人都喜气洋洋，脸上挂着笑容。马上就要吃上新麦了，都等了一年了。这是一年中最幸福最快乐的时光。

然而，福海妈却不快乐。

妇女队长福海妈，总是板着一张黑脸，那张脸上都能刮出二两铁锈来。她又瘦又小，走起路来，两条短腿迈得飞快。她的声音尖利刺耳，像两张瓷片相互摩擦发出的声音，听得人头皮发麻，而她却总喜欢说个不停。因为她是妇女队长，没人敢反驳她，也没人敢打断她说话，她想说多久，就说多久。

村子里没人知道福海妈的老家在哪里，只知道她是四川口音。她嫁到村子里的时候，只有十几岁。这么多年过去了，生了一大堆儿女，但从没见她回过娘家，也没见娘家来人看望她。

福海妈虽然身为妇女队长，但她管的可不仅仅是妇女同志们的事情，村子里的任何事情，她都喜欢管。

几乎全村人都去了打麦场，在打麦场分享收获季节的喜悦，但是福海妈没有去。

福海妈藏在打麦场边的树丛里，像个黑白电影里邪恶的地主婆一样，监视着每一个从打麦场走出来的人。

这段时间，正是青黄不接，很多家庭已经没有吃的了，就眼巴巴得等着新麦子下来，蒸馒头擀面条吃。

福海妈知道，这是抓小偷的最佳时机。

从打麦场偷麦子，这事大人干不出来，也不敢干。这要是被抓住了，那可不得了，因为你偷窃的是集体财产，集体利益高于一切，最少也要被关进监狱。

大人不敢干，但小孩可以干，小孩犯法，都会网开一面，监狱里从来不会关押小孩子。

有的大人就偷偷教唆孩子，从打麦场偷麦子回家。

偷麦子也有技巧，那么多人聚在一起，那么多双眼睛盯着，你怎么可能光明正大地偷窃？有的大人们，就让小孩穿着一双肥大的鞋子，故意在扬场后的麦堆里踩两脚，让麦粒灌满鞋子的缝隙，然后偷偷走回家。

因为鞋子缝隙灌满了麦粒，脚心被麦粒硌着，走路非常痛苦。

福海妈就藏在树丛里，偷偷观察哪个孩子走路姿势不正常，然后像一只老雕一样扑过去，从天而降，把早就吓坏了的孩子一把抓住，脱掉鞋子，里面果然是麦粒。

福海妈就这样，抓住了七八名孩子。

福海妈威风凛凛地走在前面，两只手臂摆得很开，一张黑脸上写满了洋洋得意。那些孩子战战兢兢地跟在后面，手里托着两只鞋，鞋里装着偷来的麦粒。

福海妈把这些孩子一直带到了打麦场里，让他们站成一排，然后在所有人惊讶的眼光中，歇斯底里地叫喊："谁家的娃娃偷麦子，就站在你家娃娃的后面，这种事情，娃娃想不出来，肯定是大人教的。"

全村人都恨透了福海妈，但没有办法。得意洋洋的福海妈总是把自己当成了正义的化身，她说出的每句话都恐怖而正确，孩子的父母不得不垂头丧气地站在自家孩子的身后。

福海妈指着他们，大声呵斥着："社员同志们，睁大眼睛看看，这些都是贼娃子，是破坏社会主义建设的蛀虫，大家以后都得防着他们。"

后来，全国实行包产到户，福海妈成为全生产队最穷的人，她总是好吃懒做，家里买不起电视，总是夜晚在别人家蹭电视看，总是最后一个离开电视机。

有一年，我回老家，在村口看到晒太阳的福海妈，他对我说："还是那时节好啊，要穷大家一起穷，现在这是个啥呀，穷的穷得没饭吃，富的富得流油，这不就是资本主义嘛，这不就是开历史倒车嘛。"

能够从打麦场里偷出麦子的，只有一个人，这个人就是福海。

福海妈抓偷麦子的人，但从来不会抓他儿子福海。

麦子收割完毕，一年最忙的时候就结束了。这时候，货郎又开始走村串乡了。

货郎推着一辆小推车，摇着拨浪鼓，沿着山间小路走过来。货郎的身影一出现在那条通往外界的唯一一条道路上，拨浪鼓的声音一传进村庄，整个村庄就轰动了。

每次货郎来到村庄，全村人都像过节一样高兴。

　　货郎的小推车上，只有几包糖精，几苗针，和缠在纸筒上的缝纫机线。有时候，还会有冰凌锤。冰凌锤是一种小玩具，戴在婴儿的手腕上，让婴儿磨牙。

　　货郎不收钱，其实社员们也没有钱，货郎只收烂鞋底。所有人脚上穿的都是手纳的布鞋，穿着布鞋干农活，走在乡间的小路上，扬鞭催马运粮忙，割草积肥拾麦穗……一双新布鞋，穿不了几个月，就成了烂鞋，鞋帮破了，鞋底断了，就没法再穿了，留着给货郎吧。

　　货郎拿着一杆秤，称量鞋底，然后把破鞋底丢在小推车上，按照破鞋底的重量来换取针线。也有孩子把自己捡到的破鞋底，拿出来换取糖精。

　　糖精是一种小颗粒，纯白色，一杯水中，只能放一两粒，水就有了甜味。如果再放多了，水就变成了苦味。我在长大后才知道，糖精不是食品，它是一种工业用品，有毒。

　　但是，货郎把那么多鞋底送往哪里，这些鞋底有什么用处，我一直不知道。

　　每年麦子刚刚收割完毕，货郎来到村庄的时候，小推车上除了针线和糖精，还有黄色的成熟的杏子。

黄灿灿的杏子非常诱人，散发着香甜的味道，它牵引着每一个孩子的视线，让每一个看到的孩子都在偷偷咽口水。

但是，杏子只有用刚打下的新鲜的麦子交换，不能用破鞋底交换。狡猾狡猾的货郎知道杏子对每一个孩子，都有无法抗拒的吸引力。

可是，麦子是所有人的命根子，生产队分下的那点麦子，和自家自留地里收割的更少的麦子，必须精打细算，才能吃到春节。到了春节，再穷的人家，也要蒸几个白面馒头吃，再穷不能穷过年。

孩子们哪里有麦子交换杏子！

货郎换完了针线和糖精后，就坐在村口的大树下，和社员同志们聊天，货郎总是能够带来最新鲜的时政新闻和社会新闻。他说，许世友能围着北京城墙飞三圈，陈锡联能飞两圈半……他说，许世友会轻功，屁股一拍，就藏在了电灯罩子上……他说，许世友隔着台湾海峡就把手榴弹丢过去，炸死了十几个台湾人……

那时候，许世友是全国人的心中偶像，人们传说中，他是毛主席的警卫员，他是无所不能的大英雄。

生产队了解外界信息的唯一窗口，就是货郎。货郎说，张家川一个女人生了个孩子，全身都是毛，他娘想丢了，可是那孩子一张口就喊娘……货郎说，武家堡一个男人正在打篮球，感觉小腿疼，蹲下去一看，腿上生出了一个孩子，这孩子一出生就会打篮球……货郎说，海家河有个光棍赶夜路，看到一只山羊，他把山羊牵回家，山羊变成了一个女人，给他当了媳妇……

张家川、武家堡、海家河，都是大家知道的村庄，有的距离远，有的距离近，但很少有人能够去看看。一年四季农活很忙，下雨下雪天才能停歇下来，但下雨下雪天既然不能下地干活，那当然也不能走村窜乡啊。

货郎的故事总是很传奇，但没人怀疑这些故事的真实性。

没有人留货郎吃饭，因为家家都缺吃少穿。货郎顶多抽几根别人递过来的羊群烟。

货郎把他的新闻卖完了，就推着小推车，踏上回去的道路。

他走到望不见村庄的时候，突然从树林里窜出了一个人，是福海。

福海穿着黑色粗布汗衫，宽大的黑布汗衫让他看起来更加矮小，汗衫干了湿，湿了干，散发着恶劣的臭味，似乎几十年也没有洗过。福海扶起汗衫下摆，货郎看到他的裤带上别着一个小包。福海摘下小包，打开，货郎看到那里面是新鲜的麦子，似乎还散发着悠悠的清香。

福海说："给我换杏。"

货郎问："你哪里来的麦子？"

福海说："叫你换你就换，哪里来这么多烂话。"

货郎不再吱声，他称量过麦子，然后抓几颗杏放在福海的手中。

福海嫌弃地说："就这么几个？"他边说边从篮子里抓起两颗杏子，然后飞快地跑了。货郎不敢得罪福海，因为他常年在乡间道路上穿行，担心受到任何人的偷袭。尤其是这类人的偷袭。

福海的麦子哪里来的？肯定是从打麦场偷的。

福海已经二十多岁了，但因为身材矮小，他看起来就像一个十二三岁的少年。

福海在全村只有一个朋友，这个朋友就是二流子白家有。

物以类聚，人以群分，两个游手好闲的人，很容易就成为了好朋友。生产队的老秀才王进坤就曾经说过，连秦桧这样的大奸贼，都有三个好朋友。秦桧是谁，生产队的人都不知道，但生产队的人记住了秦桧这个名字。

生产队的每个人都会把唾沫吐在二流子白家有的脸上，但没人会对另一个二流子福海低眼下看。因为福海妈是妇女队长。

福海妈名为妇女队长，实际上管的不仅仅妇女，她管的是生产队所有事情。用一句流行语来说：一心扑在集体上。

生产队里的土地，绝大多数是集体的，剩下的极少一部分，才会分给社员同志们做自留地。社员同志们对每家每户的那几分地，珍贵得不得了，精心伺弄，恨不得把每一泡尿都浇在自留地里，恨不得用自己的身体把自留地里的土糖平了，所以，自留地的庄稼，比生产队地里的长得好得多。自留地里的庄稼，打多少，今年就吃多少。而生产队地里的，基本上都交了公粮。

王黑炭家自留地里的粮食，舍不得吃，他妈就蒸成大白馒头，装在篮子里，让王黑炭拎着，偷偷去公社街道上卖。

公社街道上的，都是吃商品粮拿工资的国家工作人员，拖拉机修配站、生猪收购站、粮站、棉站、邮电所、变电所、供销社、配种站……公社旁边，还有一座火车站。这些国家工作人员，每月每人只能领到供应的三十斤面粉，很多人也不够吃。王黑炭把全家人舍不得吃的白面馒头，偷偷卖给他们吃。他们手中有钱，但也很难买到吃的。公社街道上有一间食堂，但在食堂吃饭不但需要钱，还需要粮票。粮票是定人定量供应的。

每次，王黑炭一走进这些国营单位的大门，他舍不得吃的大白馒头，就很快被人抢光了。

王黑炭卖馒头，害怕的不是没人买，而是害怕福海妈。

福海妈总是藏在村外的树丛里，像传说中的白骨精她妈一样，盯着马路上的每一个人，寻找任何蛛丝马迹，及时发现阶级斗争新动向。

每次，王黑炭卖完馒头，总是要等到天黑才敢回到村庄。他一看到村外密密的树丛，双腿就在打颤。等到月亮隐在了云层里，王黑炭就硬着头皮，像被皮鞭追打的耕牛一样，撒开四蹄向着自己家奔跑。运气好的时候，福海妈这晚拉肚子来月经没有藏在树丛里，运气不好的时候，就被福海妈拦路截住了。

王黑炭一看到福海妈，他就把魂都吓掉了，一步也不敢走开。身材矮小的福海妈，在身材高大的王黑炭眼中，就像威风凛凛的门神一样，凛然不可侵犯。福海妈先检查王黑炭手中的篮子，然后搜查王黑炭的身上，把他身上的每一个钢镚都会搜走。

福海妈把王黑炭身上的钱全部拿走了，临走前还不忘说一句："你这个投机倒把的坏分子，我一定要把你打倒在地，再踩上一只脚，让你永世不得翻身。"

王黑炭唯唯诺诺，不敢反抗。盛气凌人的福海妈，代表的不是一个女人，她代表的是整个生产队，代表的是生产队的权威。只要福海妈能够把他放回家，就是莫大的恩赐，他哪里还敢要回自己的钱。

这些钱去了哪里？被大义凛然的福海妈交给了生产队。

福海妈不是生产队长，可她管的事比生产队长还多。

放羊老汉死了，生产队缺少一个放羊的。

人是铁，饭是钢，一顿不吃心发慌。羊一顿不吃也会心发慌。

福海妈找到队长吕长苟，说道："我对我们生产队赤胆忠心，满腔热情，我抓住了那群偷麦的贼娃子，还抓住了投机倒把的坏分子王黑炭……"

吕长苟说："我都知道，你是我最得力的左臂右膀。"

福海妈说："现在，羊群需要有人放，我寻思着，让两个壮劳力去放啊，耽搁农业生产；让两个娃娃去放嘛，又护不住羊群。"

吕长苟说："你说说咋办？"

福海妈说："常言说：举贤不避亲。我觉得让福海放羊最合适。"

吕长苟说："你对村庄的每个人都很熟悉，你说哪个就哪个。"

福海妈踩着一贯坚定的步伐离开了，她走得很像那时候露天电影里的英雄人物。

在生产队里，放羊是一个肥差，顶一个壮劳力，一天一个劳动日的工分。那些壮劳力挑着担子给地里送肥，累得黑水汗流的，也是一天一个劳动日的工分。

放养有讲究。

放羊老汉会放羊，他把羊全部赶开，羊排成长长的一字长蛇阵，顺着山坡吃草，不紧不慢，不慌不忙。头顶上，蓝天远，白云飘；山坡上，青草绿，羊群白，间或还有不知名的鸟雀从天空中飞过，这是一幅多么美丽的景色。放羊老汉就躺在这幅美景中，抱着羊鞭，头枕着摞起来的两只破鞋睡着了。

有时候，放羊老汉会被山鸡的惊叫声惊醒，他就知道自己要改善生活了。山鸡是一种又肥又大的笨鸟，飞不高，飞不远，在草地上和灌木丛中做窝。羊群排队吃草，像推土机一样，齐刷刷地推到了山鸡的窝跟前，受到惊吓的山鸡，就长声嘶叫着逃走了。

山鸡尽管飞不高，飞不远，但笨手笨脚的放羊老汉也追不上。放羊老汉要吃的，不是借助着山坡才能飞起来的山鸡，他要吃的，是山鸡窝里的山鸡蛋。

山鸡飞走了，放羊老汉总是能够在草丛或者灌木丛中，找到一窝山鸡蛋，多的有十几个，少的也有七八个。放羊老汉把这些山鸡蛋小心地聚拢在一起，然后架起柴禾烧烤。山鸡蛋烤熟了，剥开一片蛋壳，那种悠悠的香味，能够沁入骨头里。

天快黑的时候，放羊老汉吃饱了，羊群也吃饱了。落日将云朵染成了漫天霞光，放羊老汉踩着斜阳走上了通往村庄的山路。

放羊老汉最喜欢唱那时候的一首流行歌曲《打靶归来》，生产队的人只要一听见"日落西山红霞飞，战士打靶把营归把营归……”的歌声，就知道放羊老汉回来了。

但是，放羊老汉只会唱这首歌曲的前两句，后面的一直不会唱。他总是翻来覆去地唱着前两句。

放羊老汉会放羊，但是福海不会放羊。

福海放羊的时候，是把羊赶在山坳里，然后自己守着山口，不让羊跑出来。

羊在山坳里，挤成一团。哪里的草多，羊就挤在一起。为了吃草，羊常常打架，力气大的，打赢了的，就吃饱了；而力气小的，打输了的，就没草吃。到了黄昏回来，有的羊吃得肚子都快挨着地了，有的羊还饿得咩咩叫。

放羊老汉放过的地方，隔段时间，又长出了齐刷刷的青草。而福海放羊放过的地方，不再长草了，因为羊群抢着吃，连草根都拔出来吃了。

福海才不管这些，福海只想着自己今天又挣了一个壮劳力的工分。

第六章　尸体不见了

队委会里正在开会。

房梁上吊着一根铁丝，铁丝下吊着一盏汽灯。汽灯的火焰忽大忽小，照耀得每个人的脸上忽明忽暗，形同鬼魅。今晚停电了，汽灯派上了用场。

公社旁边的火车站，时不时地会运来几车厢电石，堆在车站旁的铁棚子下，没人看管。火车站只有三个人，其中两个人每天都要沿着铁路走出很远去巡道，剩下的一个年龄大的，火车经过了才会出来，没有火车的时候，他就坐在那间墙缝里落满了煤末和尘土的房间里，谁也不知道在里面干什么。

电石是干什么的，电石能干什么，火车站旁边的农民都不知道。

有一天，生产队的会计白家兴从公社参加会议回来，路过火车站，看到铁棚子下放着一大堆这种黑乎乎的东西，不知道是什么，就顺手捡了两块装在裤兜里，拿回村庄。

村口的大槐树下蹲着很多男人，他们每个人都用双手捧着一个硕大的老碗，老碗里盛着玉米粥。他们捧着碗，转着圈喝，喝出了一串串扯布一样的声音。玉米粥是学名，生产队的人都叫做包谷津。就是用磨盘把玉米粒磨成粉末，然后用铁锅煮，边煮边搅拌，煮熟后就变成了又黏又稠的金灿灿的包谷津。

在没有小麦的日子里，包谷津成为了家家户户的主食。包谷只有这样吃，才可以下咽。蒸成馒头，压成饸饹，都不好吃，口感粗糙。如果再能给包谷津里放几片晒干后炒熟的萝卜叶子，那更是美味了。

他们看到会计白家兴过来了，一齐抬起头给他打招呼。

白家兴从口袋里掏出了两块黑乎乎的东西，问大家这是什么。

人们好奇地围聚过来，把那两块黑乎乎的东西拿在手中，翻来覆去地看，不知道是什么，它比铁块轻，但比木炭重。它也不是煤炭，煤炭发亮，但它不发亮。

"这世上居然有这种东西。"他们嘴巴里发出啧啧的声音，不知道是赞叹，还是惊讶。

老秀才王进坤最后一个接过去看，他一看就说："这是电石。"

"咦——"所有人的头都围向了王进坤，他们问："电石是个啥？"

王进坤没有回答他们的话，他看着会计白家兴问："你从哪里弄来的这两块东西？"

白家兴说："火车站铁棚子下面，堆了很多。"

王进坤手捧着两块电石，欲言又止。

白家兴看到了王进坤的表情，就追问道："这东西有啥用？"

王进坤说："这东西用处太大了……我得找贫协主任去。"

贫协主任叫王定娃，他是这个村子里王姓家族最有权威的人。王姓家族，是村子里最大的家族。

解放前，王定娃给村子里的地主马北西家扛长工，解放后，他成为了根正苗红的贫下中农代表、贫协主任。王进坤和贫协主任王定娃关系很好，从小一块耍大的。队长吕长苟是个外来户。

王进坤有事只会告诉比自己年长几岁的王定娃。

王进坤找到王定娃的时候，王定娃正在院墙里垒猪圈。这个地方山多沟多狼多，天一黑，狼群就在村外游荡。有一天过春节，下大雪，狼群竟然堂而皇之地从村道上大摇大摆地穿过，一点也不把贫下中农放在眼里。

王定娃家的猪长大了，王定娃得把猪圈墙壁加高，免得猪跳出去了，被狼吃掉。

王进坤说："车站来了一堆电石，这是个好东西。"

王定娃没有停下手中的活，他问："电石是个啥？能干啥？"

王进坤说："能点灯。"

一听说能点灯，王定娃就停下了手中的活计。生产队里经常停电，停电后就黑乌麻漆的，啥都干不成。供销社倒在卖煤油，但凭票供应，一年一人只卖给几两煤油，根本不够点灯用。

王定娃问："你咋知道能点灯？"

王进坤说："我年轻的时候，在山西大同跟着掌柜的学手艺，掌柜的家里就有一盏电石汽灯。把电石泡在水里，就突突地冒气泡，这气泡擦根火柴就点着了。"

王定娃听得完全呆住了，他说："这么说来，这真的是个好东西。"

王进坤说："我见过汽灯，今天我就做这么一盏。"

王进坤找到车把式姬明哲，要了一个空的胶水盒。

生产队的年轻人中，姬明哲属于最聪明最能干的那一个。别人做的事情，他只要看一眼就会做了。他没有拜师，却会做简单的木工，自家的桌子凳子，都是自己动手做的，他的手艺比普通木匠的手艺都好。他没有跟人学艺，却会自己给砖头上抹了白灰，盖猪圈盖草房。他赶集的时候，蹲在修自行车的人旁边看了几眼，就会补胎圆圈……

无论是自行车架子车的车胎，还是胶轮车的车胎，他都会补。全村人的自行车架子车漏气了，都会找他补胎。

补胎需要胶水，所以车把式姬明哲的家里，最不缺的就是胶水盒。

王进坤用起子把胶水盒别开，放了两块电石进去，然后用钉子给盖子上扎了一个眼。盖上盖子，一盏电石灯就做好了。

到了晚上，队长吕长苟通知开会，王进坤就把这盏电石汽灯拿到了队委会里。

今晚开会的，都是生产队的头面人物。队长吕长苟、妇女队长福海妈、贫协主任王定娃、会计白家兴、保管姬满囤、民兵排长雷德禄、记工员郑小琴。

王进坤给胶水盒里倒了一杯水，水浸泡着电石，发出滋滋的声音，像泡在水中的两只知了。水面上争先恐后冒起密密的水泡，像一群洪水中的蚂蚁。王进坤盖上盖子，然后划根火柴，凑近钉子扎的那个眼。奇怪的事情发生了，火焰突然窜起了一尺多高。

屋子里的所有人都发出了一阵惊呼。

王进坤说："这就是汽灯，今晚停电了，刚好派上用场。"

吕长苟问："这能烧多长时间？"

王进坤说："烧一个时辰没问题。"

王进坤说完后，就走出了队委会。他是生产队见识最广的人，但他没有资格参加这个会。

王进坤走出去后，吕长苟关上了队委会那两扇吱呀呀乱叫的木门，干瘪的门轴发出的叫声非常刺耳，就像夹死了两只老鼠。

吕长苟走回来后，坐在了房屋中央那张只有他才能坐的表示权威的靠背椅子上。别人都坐在四方杌子上。

吕长苟清了清喉咙说道："今天把大家召集到一块，是想讨论放羊老汉的事情。放羊老汉都死了好几天，这事该咋样收场。"

吕长苟用探寻的眼光看着每个人的头顶，但大家都不说话，会计白家兴用手指抠着自己的脚趾头，他有鸡眼，脚趾上的皮肤一层层烂下去。贫协主任王定娃眯缝双眼，抽着烟袋，嘴巴里发出嘶嘶的细铁丝一样的声音。保管姬满囤偷偷地望了郑小琴一眼，他的目光中充满了哀怨，从郑小琴能够走进队委会，他已经知道肯定有什么事情发生了。记工员郑小琴眼望着墙角，装着没有看到姬满囤。民兵排长雷德禄支棱着耳朵，像一只跃跃欲试的狗，只要主人喊一声，就会扑上去咬人。妇女队长福海妈总是一种成竹在胸的样子，可她想来想去，却不知道说什么，就干脆不说了。

吕长苟说："瞎主意好主意，总得有个主意啊。"

王定娃停止了抽烟，他用黄铜烟锅磕着自己的布鞋底，想把里面的烟灰磕出来。

吕长苟说："贫协主任说吧，你经多见广。"

王定娃说："按我的主意，我认为就应该报官，这是人命关天的大事。"

吕长苟的脸上掠过一丝不易察觉的不悦，他说："报官这事情，我早就想过，可是，要是在我们生产队把杀人犯抓住了，整个生产队都不光彩，邻里亲戚们，以后想当兵招工提干，想给娃说门好媳妇，都没指望了。我是为了大家着想。"

民兵排长雷德禄马上接过话茬说："我也是这样想的。"

王定娃说："这杀人犯，敢杀第一个人，他就敢杀第二个人。这个杀人犯要不灭了，村子里就不得安宁。"

吕长苟说："对呀，所以我们要赶快找到凶手，不能让他杀了第二个人。"

王定娃说："人命关天的大事，你不让公安出面，就我们这几个人能够找出杀人犯？谁有几斤几两，大家都清楚。"

吕长苟说："公安来了，又吃又喝，这吃的喝的，还不都得我们生产队出？再说，这事传出去了，咱生产队有个杀人犯，人人脸上都没光彩。"

吕长苟说完后，就问一直闷声不语的保管姬满囤："你说我说得对不对？"

姬满囤一直很委屈地想着他和郑小琴的事情，他并不知道刚才吕长苟说什么，但既然吕长苟在问他，他就点头说："对对，队长说得都对。"

吕长苟又问会计白家兴："你是什么意见？"

白家兴一向谨小慎微，谁都不敢得罪，他讨好地看了一眼吕长苟，又小心地看了一眼王定娃，说道："我听你们的，你们说怎样就怎样。"

这种场合，队长吕长苟从来不征求妇女队长福海妈的意见。吕长苟知道，尽管福海妈整天咋咋呼呼，实际上她什么都不知道，女人嘛，头发长见识短。至于郑小琴，她把自己的身体缩成了最小，像个受气的小媳妇一样。

吕长苟的目光从所有人的头顶上扫过，然后以不容置疑的口吻说道："那就这么定了，我们加紧破案，这事情不能外传。"

电石汽灯突然发出一声轻响，火焰窜起了一尺多高。房间里的所有人一齐发出惊讶的叫声，从凳子上站起来，想要夺门而出，后来看到灯焰矮下去一截，这才又坐到了各自的凳子上。

吕长苟说："现在进入第二个议题，天气越来越热，放羊老汉的尸体再不能放下去了，得赶紧埋。大家看埋在哪块地合适？"

王定娃说："这人死得不明不白地，就这样埋了，他的亲戚们会答应吗？"

吕长苟说："放羊老汉无儿无女，他的事情，我们生产队干部就给他承担了。"

王定娃嘴角带着鄙夷的笑容说："这有些事情，我们生产队干部能承担了，有些事情，我们生产队干部还不一定能承担上。"

吕长苟说："我们中国人讲的是入土为安，你们说是不是？"

吕长苟的眼睛又从所有人的头顶上扫了一圈，那些坐得比吕长苟矮了一头的人，有的嗯嗯点头，有的说对对。

王定娃用旱烟锅敲着青砖地，不满地说："对个屁！人埋了，就一了百了，想查都没法查。放羊老汉到了地底下，王家祖先都没脸见人了，就这样不明不白地死了埋了……"

吕长苟打断了王定娃地话："哎，哎……现在是新社会，不兴封建迷信那一套。"

王定娃突然变了脸色，站起来说道："放羊老汉无儿无女，可他是我们王家人，这事不能就这么算了。杀人犯没有找到前，不能埋人。"

　　吕长苟看到王定娃变了脸色，他也瞪大了眼睛，站起来说道："我们党一向讲的是民主集中制，少数服从多数，既然大家都认为赶快埋人，那就立即埋人。"

　　王定娃说："不能埋人，坚决不能埋人。"

　　吕长苟指着王定娃，质问道："这个生产队，到底谁是队长？到底是听你的，还是听我的？"

　　王定娃毫不退让，说："你的我的，都不能听，既然少数服从多数，那就让全生产队的人都来投票，看到底该埋不该埋。"

　　吕长苟和王定娃像两只斗架的公鸡，谁也不会退让半步。

　　队委会里的其他人，也都站起来了，但不知道该帮哪一个说话。王定娃是土生土长的本村人，他爷他爹都出生在本村，王姓是本村第一大姓，村子里每一个姓王的，往上数几代，都和他有血缘关系。吕长苟是多年前才来到了生产队，要不是公社革委会主任出面支持，再加上他能说会道，他怎么也不会当上生产队队长的。

　　王定娃把烟袋的绳子拉紧，缠了一圈，扎住了烟袋口，然后用烟袋口的绳子缠住了烟锅头，把烟嘴那头插进衣服后面的裤带上，然后气呼呼地走出了队委会。吊在烟锅头的烟袋随着他的步伐一路摇摇晃晃，像钟摆一样。

吕长苟看到王定娃走出去了，对着雷德禄说："事不宜迟，带着民兵排赶快把人埋了。"

放羊老汉的尸体放在山洞里，山洞距离生产队有两里的路程。

放羊老汉的尸体收殓在一副桐木棺材里，这幅棺材是生产队出了十元钱，从王有财老汉手里买来的。有财老汉是全村年龄最大的人，年年开春，生产队的人都说："今年有财老汉要走了。"可是，年年有财老汉都没有走，有财老汉就像一架风烛残年的破旧马车，摇摇晃晃地行走在崎岖的山路上，路过的每一个人都说这马车快要散架了，而马车总是一路咯吱吱地向前走。很多年前，有财老汉就给自己打了一口桐木棺材，可是很多年过去了，有财老汉还没有死，他的几个孙子都长大成人了，不愿意让他爷睡在桐木棺材里，就合起来给他爷打了一口松木棺材，那口桐木棺材就一直放在柴房里。放羊老汉死了，生产队就出了十元钱买了这口桐木棺材。

在农村生活过的人都知道，最值钱的是松木棺材，结实，虫不蛀。生产队的人把老人死了，叫老了。老了后能够睡一口松木棺材，是所有老人的梦想。如果谁家的老人老了后，睡的是松木棺材，都能被后人传说好多年。松木散发着香味，地底下的那些小动物呀昆虫呀，比如穿山甲、田鼠、蚯蚓、蟋蟀、蚂蚁……闻到这种香味，都会躲避。

其次是杨木棺材，杨木棺材没有松木结实，但质地还算坚硬，不易腐烂。

最差的是桐木棺材。桐树是西北农村所有树种中，生长速度最快的一种树，见风就长，用不了几年，就能长成一抱粗。正因为它生长速度过快，所以木制疏松，重量很轻，而且很容易招惹虫子蛀蚀。所以，只有那些买不起松木棺材和杨木棺材的人，才会老了后睡一口桐木棺材。

像放羊老汉这种鳏寡孤独，能够睡上一口桐木棺材，都是莫大的福分。

雷德禄指挥四名民兵，刚刚把桐木棺材抬出山洞，就被闻讯赶来的王姓家族人堵住了去路。

走在最前面的，是王二蛋，王二蛋肤色黝黑，像一块铁疙瘩。他光着上身，身上裸露的肌肉像石头一样坚硬。他手中拿着一把铁叉，铁叉前的尖刺在阳光下闪烁着明亮瘆人的光芒，他喝问道："想把我二爷抬到哪里去？"

民兵排长雷德禄认为自己不能示弱，如果示弱了，就有失民兵排长的身份，他像刘胡兰一样坚定地跨前一步，说道："你二爷？老汉在世都没有听到你叫一句二爷，现在倒叫起二爷了，你叫的哪门子二爷？"

王二蛋说："我说是我二爷，就是我二爷，我们王家的事，轮得上你一个外姓人管？"

王二蛋后面，是黑压压的几十个王姓家族的男人，他们脚上破旧的布鞋把山路踩出了高高的尘灰，明亮的阳光照耀着他们的脸，他们脸上的汗水和着尘灰，滴答滴答地落在胸前的粗布汗衫上。雷德禄看着这群高高矮矮的人群，不敢再吭声了。

王进坤从人群里走出来，他一个一个地指着四名民兵的额头，然后喊道："你们都给我起开。"

四名民兵看着民兵排长雷德禄，雷德禄完全被吓懵了，他脸色煞白，双手颤抖，年纪轻轻的他哪里经历过这种阵势？四名民兵看到雷德禄是这副样子，就下意识地把棺材放在地上，退后几步。

王进坤又指着王二蛋和人群中的三个小伙子，说道："你们四个，把人抬进山洞里，好生安置。"

王二蛋和三个小伙子走向桐木棺材，刚想抬起来，突然，人群外响起了一声暴喝："都给我放下！"

所有人都循声望去，看到队长吕长苟一瘸一拐地走进了人群中，因为行走匆忙，他的脸上满是汗珠。也因为行走匆忙，他的步伐看起来很潦草。

吕长苟抹了一把脸上的汗珠，对着王姓家族的人喊道："反了你们了？想造反吗？老子在抗美援朝的战场上，和美国兵真刀真枪地拼过刺刀，都没怕过，老子还能怕你们不成？"

王进坤说："你和美国鬼子在朝鲜拼过刺刀，我还和日本鬼子在山西拼过刺刀，你没怕过，我更没怕过。你在这里给谁当老子？把你的嘴巴先扳正了再说话。"

吕长苟说："我是生产队长，我想怎么说就怎么说，你管得上？"

王进坤仰天打了一个哈哈，说道："我以为多大的排场，原来就是一个生产队长，我当农业合作社社长的时候，你鼻子底下的鼻涕都还没有拾掇干净。"

吕长苟对着四个民兵和雷德禄喊道："埋人，我看谁敢挡？谁挡了，我就用无产阶级的铁拳砸碎他。"

王进坤对着王二蛋和身后的人群喊道："抢人。"

　　王姓家族的人呼啦啦围上去，和民兵们纠缠在一起，人群里传来了厮打声、咒骂声，还有布鞋踩在地上的迟钝的回响声。突然，所有声音一下子停止了，所有人都如同遭受电击一样，木然不动了。

　　桐木棺材被打翻了，棺材盖滚在一边，里面空空如也。

　　放羊老汉不见了！

第七章：狼的故事

福海去放羊了，二流子白家有无所事事，就经常去山沟里找福海。

没爹没娘没老婆，总是饥一顿饱一顿的白家有，他图的不是和福海说话，他图的是看能不能吃饱肚子。

白家有不知道从哪里找到一只猫，那只猫浑身漆黑，眼睛却是绿色的，看起来异常诡异凶猛。白家有把这只猫装在竹笼里，竹笼挎在臂弯里，来到山沟里找福海。

福海说："你一个穷光蛋，自己都难养活，还想养活猫？"

白家有说："嗨，你别小看我这只猫，用处大得很。"

福海问："能有什么用处？"

白家有说："你过会儿就知道了。"

这一天，福海在一条小河边放羊。

白家有在河边找到一个扭扭歪歪的生锈漏气的破铁桶，他盛满了一铁桶水，提到了一个田鼠洞旁。小河边水草茂盛，又正值麦收季节，所以随处可见田鼠洞。

铁桶太破了，从河边提到田鼠洞边，一桶水只剩下小半桶水。

白家有把这小半桶水全部倒进了田鼠洞里。水几乎要从洞里溢出来了，可是突然泛起一个巨大的水泡，水面突然下降，洞口只留下湿润的泥巴。

白家有又从小河里汲了一桶水，摇摇晃晃地走到田鼠洞边，把仅剩下的小半桶水倒进去。和上次一样，水面很快就在洞里消失了。

福海在旁边笑着说："田鼠洞深得很，曲里拐弯，都不知道通到了哪里，你能灌满？"

白家有得意地说："你一会就知道了。"

白家有一连提了十几桶河水。福海抱着羊鞭，满脸讥笑地看着忙忙碌碌，累出了一身臭汗的白家有。

可是，奇怪的事情发生了。

十几桶水倒进了田鼠洞里，水面不再下降了。福海和白家有都看着田鼠洞，而装在竹笼里的黑猫却烦躁不安，它一次次跳跃着，碰得笼盖砰砰作响。

白家有把竹笼倾倒，打开笼盖，黑猫突然窜向前方，快得就像一道黑色的闪电，快得就像暴风雨来临前的海燕。

福海觉得有情况，就从地上爬起来，跟着白家有，跑向黑猫的方向。

在黑猫的前方，有一只田鼠，拖着肥大的肚子，仓皇逃窜。肥大的灌满了河水的肚子拖慢了它的奔跑速度，它一路跑得跌跌撞撞，就像裹着金银细软逃命的地主老财。

黑猫轻易追上了它，一歪脖子，就咬住了它的背脊。田鼠吱吱叫着，叫声像篾刀劈开竹竿。

福海惊讶地说："你这只猫太厉害了，厉害得怕怕！"

白家有得意地说："我的猫，我根本就不用喂，它就能填饱肚子。"

福海知道白家有一年四季游手好闲，到处游荡，他没有给生产队挣一分工，所以分不到一颗粮食，也分不到一分钱。他像一只流浪的狗一样，谁也不知道他吃什么活到了今天。

福海说："你的猫能填饱肚子，你靠什么填肚子？"

白家有得意地说："虾有虾道，蟹有蟹道，屎壳郎没道转轱辘跑。我三天之内，能找到五十斤粮食。"

福海嗤地笑了，他说："你以为粮食就是你身上的虱子，只要找就能找到，五十斤粮食啊，你咋个去找？真是吹牛逼不打草稿。"

白家有说："你敢不敢和我打赌？"

福海认定了白家有三天内找不到五十斤粮食，就说道："我答应和你赌，赌什么？"

白家有说："我如果赢了，你得答应我一件事。"

福海问："啥事？"

白家有说："你先别管啥事，我问你答应不答应？"

福海认为白家有肯定在吹牛逼，他无论如何也找不到五十斤粮食。现在，粮食刚刚入了仓，粮堆上盖了木印，木印被锁起来，就是保管员也偷不走粮食，更何况你白家有。踌躇满志的福海说："好的，我答应你。如果你输了呢？"

白家有说："如果我输了，我就把你叫爹，叫一辈子爹。"

福海说："好，我的儿呀。"

第二天，福海在老鸦窝放羊。

　　白家有也来到了老鸦窝，他的肩膀上扛着一把铁锨，铁锨上挑着竹笼，竹笼里关着那只黑猫。

　　福海一看到白家有，就喊道："你还不赶紧去找你的粮食，你得是就想给我当一辈子儿子。"

　　白家有说："我现在就在找粮食啊。"

　　福海往四周看看，看到都是收割完毕的麦子地。麦子地干干净净，只有紧挨着地面的麦茬，麦茬地里连一颗麦穗也没有，龙口夺食，颗粒归仓，地里的麦穗，早就被学生娃捡拾干净了。

　　福海问："哪里有粮食？"

　　白家有笑嘻嘻地把铁锨刃插在地上，说："这地底下就有。"

　　老鸦窝四面都是悬崖，只有一条小路与外面相通。这地方夏天非常闷热，因为不通风，土壤却非常肥沃。别的地方一亩地能产三四百斤小麦，老鸦窝一亩地能产六七百斤，将近多一倍。为什么？

　　这地方每年都会下几场暴雨，暴雨落在四面悬崖上，悬崖上的一层浮土就会随着雨水冲刷进老鸦窝。悬崖上的那层浮土，可都是好肥料啊，黑乎乎的，裹着草木灰和鸟雀的粪便，还有沤了很长时间的树叶。所以，这块地方，是生产队最肥的一块地。

最肥的一块地，粮食产量就高。粮食产量高了，自然会吸引很多田鼠。田鼠是一种非常聪明的动物。

白家有是个二流子，但是这个二流子很聪明。用生产队里的人所说的话：脑子够使，就是懒。

白家有要从田鼠洞里挖粮食。

麦子刚刚收割了，田鼠洞里都藏满了小麦，小麦粒粒饱满，连一颗瘪的都没有。这里的人要说谁精灵，就说"精灵得像田鼠"。可见，田鼠有多聪明。

炽热的阳光照着老鸦窝，老鸦窝里连一丝风都没有。白家有找到一处田鼠洞，就把锨刃插进去，明亮的锨刃插进干燥的土壤里，发出了清脆的声响，就像钥匙插进了锁孔里，他即将打开一个神秘的世界。

福海把羊鞭丢在地上，专心致志地看着白家有。

白家有沿着田鼠洞的走向，一铁锨一铁锨挖下去，每一铁锨下去，都能看到田鼠的洞口。洞口四周的土层越堆越高，白家有累出了一身汗水，他长声喘息着，像一条趴在旷野上的狗。

白家有对福海说："你替我挖两铁锨吧。"

福海向后躲了两步，他说："这是你的事，和我没得关系。"

无可奈何，白家有又继续挖下去，挖着挖着，田鼠洞不再向下延伸，而是横着向前。

福海问："你这是要挖到什么时候？"

白家有用手掌抹去额头上的汗珠，说："快了，快了。"

二流子白家有干农活的时候，就吊死鬼寻绳哩，装病，装傻，装残疾，而干这种偷鸡摸狗的事情，就李瞎子攻城哩，大干，快干，加巧干。这块地方的人，把李自成叫李瞎子。

站在土堆上的福海，看着铁锨下不断扩大的田鼠洞，他完全被惊呆了，田鼠的洞穴就像一座迷宫一样，四通八达，卧室、储藏室、厕所……井井有条。储藏室的上方，居然还有通气孔，这样就保证了储藏室的麦粒空气干燥，不会霉烂。田鼠真是太聪明了。

福海正在感叹着，突然听到深坑里只露出了一个头的白家有喊："快放猫，快放猫。"

福海推倒竹笼，打开笼盖，竹笼里的黑猫箭一样窜出去。前方，一只肥大的田鼠顺着麦茬地向前逃窜，窜成了一阵风。

　　黑猫像一只黑色的豹子，它几个起落，就追上了田鼠。田鼠在黑猫的爪下拼命挣扎，声嘶力竭。白家有跑过来，从猫爪下夺走田鼠，田鼠眼珠突起，几乎掉出了眼眶，它只剩最后一口气。

　　白家有捏开田鼠的嘴巴，头朝下，从田鼠的嘴巴里和喉咙里，哗啦啦倒出了源源不断的麦粒。田鼠的洞都有两个出口，它看到老巢被端，赶紧撑开肚皮吞食麦粒，然后从另一个出口逃走。

　　然而，田鼠很鬼，白家有比田鼠更鬼。白家有带着黑猫，连田鼠嘴巴里叼走的麦粒也不放过。

　　田鼠很小，但是它的嘴巴和肚子里却藏了足足有一老碗的麦粒。

　　在那个年代，这一老碗麦粒弥足珍贵。

　　田鼠储藏室和嘴巴里的麦粒，堆在一起，足足有二十斤。二十斤麦粒，足够田鼠度过漫长的冬天。

　　在漫长的冬天，大自然万木萧条，大雪封山，连人类都没有了小麦吃，而田鼠却可以躲在地下温暖的洞穴里，吃着夏天积攒的麦粒，悠然等待春天来临。

白家有指着麦堆，对福海说："这个季节，每个田鼠洞都堆满了麦子，我只需要挖三个田鼠洞，就能攒够五十斤麦子。你还要不要我继续挖？"

福海惊讶不已，他说道："我知道了，这些年你不下地干活，不挣工分，不分粮，却有吃的，原来都是抢田鼠的粮食。"

白家有洋洋得意地说："我有吃的，还干个屁活，你看看村子里那些人，天天累得像狗一样，他们有我吃得好吗？"

福海懊丧地说："好，我认输了，你想让我答应什么事，说。"

白家有说："我们把你放的羊吃了。"

福海一听这话，立刻吓得变了脸色，他说："羊群都有数的，谁敢让你吃？"

白家有说："我有的是个好办法，我们把羊吃了，村子里的人还没有话说。"

福海问："你能有什么办法？"

白家有说："生产队里的人问起来，你就说狼把羊吃了。"

福海听到这里，吃吃笑了，他看着白家有脖子上的伤疤说："我只听过狼差点把你吃了。"

白家有反唇相讥："狼也差点把你吃了。"

生产队在山峁上，山峁下是深沟，深沟纵横交错，四通八达，没有人能知道每条深沟通往哪里。

深沟里有难以计数的荆刺，荆刺下是极为隐秘的狼窝。

没有人能知道这些深沟里游荡着多少条狼，狼总是神出鬼没，出没无常。

也许是因为占据了数量上的优势，这里的狼从来不怕人。

有一年过春节，下大雪，生产队有人刚刚走出院门，突然看到狼群从村道穿过去，一个挨着一个，足有几十只。

那个人吓坏了，大声叫喊"狼，狼……"可是狼群根本不在乎，它们透过雪幕，回头看看他，又自顾自地向前走。

那天风雪载途，道路上没有行人，这群狼袭击了生产队的牛棚。饲养员姬金榜在漫天飘舞的雪花中，听到了牛凄凉的叫声，但不敢走出门。

一头拴在最外面的牛，被狼群分吃了。

人们都说，冬天没吃的，狼饿狠了，就主动来到人居住的地方，攻击比自己身体大很多倍的牲畜。

老一辈人都说，狼从不会主动攻击人，除非在极端情况下。

生产队的牲口，需要吃草料。草料是把剁碎的麦秸秆和铡短的青草搅拌起来的。放暑假的每一天，学生娃都会割草挣工分，姬金榜称过重量后，按照重量把工分记在学生娃爹娘的工分手册里。

山那边的生产队有几个半大孩子，他们在野外割草的时候，遇到了一只跑出狼窝的小狼。小狼一看到他们，掉头就跑。

他们在后追赶，小狼跑到一片荆刺丛中，钻进了狼窝。

他们看到周围没有大狼的影子，就派一个胆大的小伙伴，脱了衣服，手持镰刀，爬进了狼窝。他们用裤带连成绳子，绑在这个伙伴的脚脖子上。

狼窝是斜插进地面的，狼进狼窝的时候，都是倒着走，避免把自己的屁股留给别人攻击。狼生性多疑，也很狡猾。

那个小伙伴钻进狼窝，一把掐住了小狼的脖子，然后喊声"拉"，后面的伙伴们就把他拉出了狼窝。

他们抱着小狼崽，高高兴兴地回到村子里，然后把狼吊在村口的大槐树上，让人们观看。

村口的大槐树下，平时吊着一口锈迹斑斑的钟，现在多了一头狼崽。

生产队的老人说："赶快把狼崽子放了，这样会招来灾祸的。"

可是，那几个半大孩子不在乎，不就是一只小狼崽嘛，抓都抓来了，能带来什么灾祸？

到了夜晚，一轮惨白的月亮升上天空，村庄外突然响起了狼叫声，叫声异常凄凉。那是母狼在呼唤自己的孩子。

被吊在村口大槐树下的狼崽子，本来已经奄奄一息，就亢奋地回应一声。母狼就跑到了槐树底下，

母狼看到吊在大槐树下的狼崽子，就对着月亮长声嚎叫，叫声像尖刀划过铁皮一样，令人头皮发麻。

时间不长，远处就响起了狼群的回应声，不知道有多少只狼来到了那棵大槐树下。

那天晚上，那群狼在大槐树下守候到天亮，它们想要救出狼崽子，可是却没有办法。狼崽子在空中挣扎

着，想要挣脱绳子，可是它越挣扎，绳子越紧。村子里的人都想赶紧把狼崽子放下来，可是槐树下聚集着不知道多少只狼，谁也不敢出门。

到了天亮，狼群散了，村庄里有几个大胆的，操着家伙来到槐树下，把狼崽子放下来，可是狼崽子已经咽气了。

此后的很多天里，一到夜半，那只母狼就在村道上咆哮，生产队里家家关门闭户，没人敢出门。

一只疯狼的攻击力，连豹子都害怕。

疯狼在山那边找不到下手的目标，就转向了山这边的生产队。

有一天晚上，天气异常闷热，没有一丝风，房间里热得像个蒸笼，白家有他娘就把炕上的草席揭下来，铺在当院，带着白家有睡在上面。那时候，白家有还在吃奶。白家有他爹没在家。

白家有他爹是个吹鼓手，在婚丧嫁娶上给人吹唢呐，营造热闹的气氛。那地方把吹鼓手叫龟兹。

龟兹是西域的一个地名，唢呐也是从西域传过来的。所以，这里的人就把这个西域地名叫成了职业名。

这地方的风俗，如果有人死了，要停尸三天，在这三天里，龟兹在不断吹奏唢呐，乐人在不断奏响笛胡。三天过后，才会埋人。

所以，白家有他爹经常不在家。

接着说那天晚上的事情。

那天晚上，白家有睡在他娘的怀里，突然感到一阵凉风拂面，他还没有感到惊异，脖子就被那只疯狼咬住了。疯狼一甩，就把他甩在了背脊上。

生产队里，家家户户的院门旁，都有一个从土墙根掏出来的小洞，生产队的人叫水洞。下大雨的时候，院子里的积水就从水洞排出，流到村道上，房子就不会被水淹没。而且，这个水洞还有一个用处，家家户户都养着鸡，如果夜晚院门关闭了，出外觅食的鸡回家晚了，就从水洞钻进来。

所以，那个水洞非常狭窄。

疯狼能从这里钻进院子，但是却从这里钻不出去，因为它的背上还背着白家有。

疯狼没办法，只好把白家有从背上放下来，准备换口，咬着他的胳膊从水洞拖出去。

这一换口，白家有就有了呼吸，他疼痛难忍，大声哭叫。

白家有一哭叫，他娘从睡梦中醒来了，她哭喊着跑向水洞。左邻右舍听到这娘俩的哭喊声，就纷纷打开自家的院门，想过来看看怎么回事。

疯狼一看，错失了机会，就丢下白家有，一溜烟地逃走了。

这天晚上，白家有尽管没有被狼拖走，但脖子上和手臂上都留下了狼牙印。

因为身上有狼牙印，所以一直没有媒人登门给他说媳妇。四邻八乡的人说起他，就说"那个被狼咬过的娃"，他们不叫他的大名白家有，而是叫他"狼剩"，就是狼吃剩下的。

哪户人家的父母会把女儿嫁给一个"狼吃剩下的"？他女儿看到"狼剩"身上的狼牙印，会不害怕？

所以，白家有快要三十的人了，还是光棍一条。

童年的白家有差点被狼吃了，成年的福海也差点被狼吃了。

那天，福海去亲戚家吃席，喝多了。等到曲终人散，他踏上回家的路，差不多就到半夜了。

这天半夜，福海向家的方向赶，过了第一道山口，他就有点不对劲，感觉到冷风飕飕，浑身觳觫，头发根根竖起来。他回头一看，看到黑暗中有好几盏绿色的小灯笼跟在他的后面。

那是狼。

福海毛骨悚然，酒全醒了，可他还要强装镇静。生产队的人都了解狼的习性。狼很聪明，它能读懂你的心理，你越慌张，它越猖狂；你越凶悍，它越胆怯。

福海迈动两条短腿，大踏步地向前走着，不再回头看狼，可是他却恨不得把自己的后脑勺变成眼睛，时时留意狼距离他还有多远。那些狼总在不远不近地跟着他，他走快了，狼也走快了；他走慢了，狼也走慢了。

福海走到了一座小山丘上，小山丘上有一块石头，他每次路过，都会在这块石头上歇息一会儿。今天晚上，他气喘吁吁，全身都是汗，一半是因为累的，一半是因为吓的。他刚刚在石头边转过身，就看到身后几十米远的地方，跟着四五只狼，它们看到福海停下来，它们也停下来，坐在地上。

今天晚上，福海可没有胆量在大石头上坐了，他转身向前疾跑。

福海对这条路很熟悉，他不知道走了多少遍。他知道再向前走两三里，就是一座村庄。只要进了村庄，就不害怕了。

　　福海撺开两条短腿向前跑，边跑边回头望，他看到在惨白的月光下，身后的狼群追上来，它们像一只只离弦之箭，连呼哧呼哧的声音都能听见。福海魂飞魄散，看到前面有一处断墙，他用尽全力一跳，就爬上了墙头。

　　墙头足有一丈多高，要是在平时，矮小的福海无论如何也爬不上去。可是这天晚上，生死攸关，福海突然迸发出全身的力气，一纵身爬上墙头。

　　福海骑在墙头上，看到月亮从云层里钻出来，照见了远处的村庄，村口那棵落光了叶子的老槐树，像素描一样清晰。这座村庄有十几户人家，他去过这座村庄很多次。

　　那时候，村庄还没有通电，家家点的是油灯。为了省灯油，全家一上炕就把油灯吹灭了。这会儿，福海被狼群困在墙头上，而远处村庄的那些人睡得正香。

　　福海想，就等着吧，等到天亮，村子里的人要下地干活，狼群自动就会散了。

　　福海骑在墙头上，腿搭在墙头两边。墙头很高，狼跳起来，也够不着福海的双脚。福海自认为他可以平安等到天亮。

可是，福海想错了。

福海看到一轮圆月挂在头顶上，天空中没有一片云朵，月光照耀大地如同白昼。几只狼围在一只大狼的周围，似乎在商量什么。那只大狼的额头上有一撮白毛。

过了一会儿，那几只狼散开了。

福海知道狼肯定在耍阴谋诡计，他才不会上当。狼肯定在设置陷阱，诱惑福海跳下墙头。福海一跳下墙头，狼就会围攻他。

福海想：狼这点伎俩，瞒不过我。

可是，狼并没有跑远。狼跑到了村口，村口有一户人家的门前，摞着一堆砖头。那几只狼的口中，叼着砖头，堆在了土墙下。

土墙下的砖头越堆越高，福海看到这里，吓坏了，他知道用不了多久，狼站在砖头上，就会爬上墙头进攻他。

土墙下的砖头堆起了半墙高，那只额头上有一撮白毛的大狼，跳上砖头，准备扒上墙头。福海为了驱赶狼，就把棉衣脱下来，掏出里面的棉花，用火柴点燃了，然后，火苗像舌头一样晃晃悠悠地燃烧起来。

福海把熊熊燃烧的棉衣丢在砖堆上，大狼叫一声，急急忙忙逃开了。

然而，砖堆上的棉衣很快就要着完了，福海知道火焰熄灭了，狼群还会回来进攻。他无计可施，就坐在墙头上大声叫喊，声音像绳子一样盘旋在夜空中，经久不散。连福海都听出来他的声音中充满了恐惧和绝望。

福海想要唤醒村庄里的人，可是，漫长而寒冷的冬夜里，村庄里的人睡得太深沉了。

火焰眼看着就要熄灭了，狼群又慢慢聚拢来了。福海无计可施，只能脱下棉裤，丢在火堆上。

火焰又腾腾燃烧起来，狼群又散开了，福海赤身裸体跨在墙头上，冷得瑟瑟发抖。那时候的人，都没有穿内裤的习惯。

福海再一次大声呼叫，他惊恐的声音像劈开的竹竿，尖利刺耳。

终于，村庄里响起了回应声，有一户人家的煤油灯点亮了。福海看到灯光，就像即将溺水的人看到船只一样，他激动得又哭又叫。

村庄里响起了更多的回应声，有更多的灯光点燃了，繁密的煤油灯光像繁密的星星一样，福海激动得哇哇大哭。

接着，村庄传来了门扇被打开的吱扭扭的声音，声音此起彼伏，接连不断，有人举着火把，火把照亮了手中雪亮的农具。狼群看到这种情形，不得不逃远了。

福海得救了。

此刻，老鸦窝里闷热难耐，连一丝风也没有。白家有和福海躲在悬崖下的荫凉里，还是一头汗珠。

福海说："我早就想吃羊肉了，看着这一大群羊，天天流口水，就是不敢吃。"

白家有说："你听说过狼吃羊的故事吗？"

福海说："咋能没听过？以前放羊老汉把羊赶出去，隔段时间就会少一只，被狼吃了。"

白家有说："狼比羊聪明得多，躲在黑窟窿里，羊不知道，只顾低头吃草，吃着吃着，就来到了黑窟窿边，狼一起身，就叼着一只羊跑了，你撵都撵不上。"

福海看着白家有，他知道白家有的鬼点子多得很。

白家有接着说："我们把羊吃了，只留下羊头，然后提着羊头给队长说，羊找到了，被狼吃得只剩下一个羊头了。"

福海抚掌大笑："这个办法好。"

　　突然，悬崖上出现了一个人，影子落在老鸦窝的地面上。

　　福海一惊，仰头问道："谁？谁在那里？"

　　白家有说："没事，那是疯女子雷梨花，她听见了也不怕。"

第八章　插队知青

雷梨花是全生产队最漂亮的姑娘。不仅仅是全生产队，甚至是全大队，全公社最漂亮的姑娘。

这句话是电影放映员蔡明亮说的。

蔡明亮是全公社知名度最高的人，全公社老老少少都认识他，都知道他。他走到哪里，大家的视线就跟到哪里。他是天上的那颗太阳，大家是地上的向日葵，葵花朵朵向太阳。

蔡明亮有一辆二八加重自行车，自行车的两边都焊有铁架子，铁架子上放着电影放映机和胶片。蔡明亮走到哪个生产队，就表示哪个生产队今晚会放电影。

放的是露天电影。

放电影的消息，其实在后半天就有人知道了，蔡明亮的每一句话，传得比风都快。蔡明亮说今晚在某某生产队放电影，这个生产队立即就沸腾了。

有人会骑着自行车，去喊自己家的亲戚前来观看。那些订了婚还没有结婚的小伙子，更认为这是向丈母娘献殷勤的大好机会，只要喊一声，丈母娘家立即倾巢出动。太阳还没有落山的时候，乡村铺满了炭渣的道路上，奔走着喜气洋洋的自行车和行人，甚至还有毛驴车。

生产队的打麦场上，有人早早挖了深坑，栽起了两根木柱，木柱的中间挂着银幕。风吹过来，银幕就像船帆一样晃晃悠悠地抖动。

银幕的前面，是一群早早等候电影开映的孩子。有的孩子端着凳子来占位置，没有凳子的孩子，就捡起一块半截砖放在地上。放眼望去，银幕前高高矮矮长长短短的砖头，就像大水冲刷过后的河滩。

夜幕刚刚降临，打麦场已经聚集了成百上千的人，生产队的人几乎都会倾巢出动。看电影，是那个年代几乎唯一的娱乐方式。

夜幕降临了，蔡明亮走进打麦场，所有人都会主动给他让出一条路，所有人的脸上都挂着兴奋的表情，他们知道电影快要开演了。

蔡明亮熟练地操纵放映机，明亮的镜头在银幕上打出了一大片雪花，孩子们兴奋得尖叫起来，有人挥舞着手掌，银幕上出现了丛林一般的被放大了的手臂；有人把自己的帽子丢起来，看着帽子的影子在银幕上抛起来又落下去。

电影开演前，照例先是《新闻简报》，金日成访问北京，胡志明来到云南，西哈努克亲王来到广西……他们三个人在《新闻简报》中出现的频率最高，全生产队的人都认识这三个长得很像中国人的外国人。银幕上照样是鲜花似海，照样是挥手致意，照样是系着红领巾的小学生们齐声高喊："欢迎欢迎，热烈欢迎……"

《新闻简报》结束后，开始放电影。一颗巨大的五角星在银幕上闪闪发光，伴随着慷慨激昂的进行曲，银幕前突然变得鸦雀无声，所有人都知道电影开始了，所有人都在屏息静声，所有人都激动兴奋得心脏几乎要跳出喉咙。

电影其实还是那几部中的一部：《龙江颂》、《闪闪的红星》、《杜鹃山》、《苦菜花》、《侦察兵》、《东进序曲》、《渡江侦察记》、《平原游击队》……两只手都能数过来，每部电影都看了一遍又一遍，每部电影的经典台词几乎都能随口说出来，但所有人都像第一次观看一样压抑着兴奋，所有人都盼望着电影能够一直放下去。其实，他们享受的不是这场电影，享受的是这个节日一样的看电影的气氛。

蔡明亮那辆二八加重自行车，行驶过公社大大小小所有道路，这些道路连接着每一个生产队，每一个生产队就是一个自然村，蔡明亮熟悉全公社所有村庄，他也见过全公社所有已经长大成人的姑娘。

蔡明亮说，雷梨花是全公社最漂亮的姑娘，那就肯定是最漂亮的。因为蔡明亮的话最有权威性。

雷梨花现在是疯子，但是她以前并不疯。她不但不疯，而且非常聪明。

她变成疯子，是因为一个叫做李向前的男人。

李向前是插队知青，他家在省城。

生产队刚开始来了七八个知青，都是从省城来的。因为知青院的房子还没有盖好，他们就分散住在贫下中农的家里。

李向前住在了民兵排长雷德禄家，也就是雷梨花家。

李向前的容貌和生产队所有人都不一样，他皮肤白皙，身材瘦削，白得像窗户纸，瘦得像一杆芦苇，似乎一阵风就会把他吹倒。他戴着一副近视眼镜，说话的声音也慢声细语，像个女孩子。只要不干活的时候，他的手中总是捧着一本砖头厚的书，那本书中有很多奇形怪状的蝌蚪一样的符号，只有他才能看懂。曾经有人问过老秀才王进坤："这个知青娃手里拿着啥书？"王进坤说："这是高等数学，全公社都没人能看懂，这个知青娃肚子里的学问深得很。"

知青娃李向前总是眼神迷离，他生活在自己臆想的那个世界里。有时候，你当着他的面喊他一声，他似乎才突然发现了你，好像刚从梦里醒来一样，他满脸都是惊慌，眼镜片后的眼睛像两只刚刚溜出洞口的老鼠。

生产队里的所有人都觉得知青娃李向前是个怪人，就连和他一起插队的那些知青都觉得他不近人情，不通情理，他总是独来独往，可是，雷梨花却发疯一样地喜欢他，也许是因为李向前身上散发着和生产队所有男人都不同的气质，也许是因为李向前手中总是捧着那本雷梨花看不懂的《高等数学》，也许是李向前像一只瘦弱的猫需要保护。

李向前住在雷梨花家，雷梨花家全家人都吃着包谷面馒头。包谷面馒头口感粗糙，很难下咽。如果能够把猪油夹在热腾腾的包谷面馒头里，再撒点盐，那就是生产队的社员同志们认为的最美味的吃法。再穷不能穷过年，再苦不能苦孩子，过年的时候，家家户户都会割点肉，他们舍不得一次吃完，就把肥肉炼成猪油，盛在碗中，放在阴凉的地方。这半碗猪油，通常会吃半年时间。

然而，李向前吃不下包谷面馒头，即使把包谷面馒头掰开，涂上厚厚的一层猪油，他还是吃不下去。他在城市里吃惯了大米白面，从来没有吃过这种金黄色的看起来漂亮但是吃起来难以下咽的包谷面馒头。

夜深人静的时候，雷梨花就偷偷爬起来，听见父母的房间里没有了说话声，她就走进厨房，拿出家里舍不得吃的，只有客人上门才招待客人的白面，给李向前烙煎饼。他把烙好的煎饼藏在自己房间，自己舍不得吃，第二天偷偷交给李向前。

生产队给地里送肥的时候，都是一男一女搭配一辆架子车，男的驾辕，女的在后面推着。李向前没有力气，更不会驾辕，没有人会和他搭配，但是雷梨花主动提出自己和李向前在一起，她在前面驾辕，累得满头大汗；而李向前跟在后面，像个地主老财一样背着双手。他不是不会推车，他是嫌架子车的车帮上沾了牛马的粪便。

割麦子、扳包谷、锄草、剔苗的时候，都是一人占几行，各顾各的，谁干到地头，任务就完成了，就可以回家。李向前是书呆子，他任何农活都学不会，他干什么农活都比别人慢。雷梨花手脚利索，她每次都是全生产队第一个到达地头的。可是，她到了地头，却并不回家，而且找到李向前那几行，继续干活，接应李向前。

漂亮又能干，雷梨花就是那个时代农村最完美的女子。

然而，没有人给雷梨花提亲，就连嘴巴快得像刀子一样的小脚媒婆黄水娘，也不敢登门，因为，全村任何一个明眼人都看出来，雷梨花喜欢的是李向前。那个整天坐在村口，老得只剩下一把骨头的王有财老汉，看到扛着锄头低头走路的李向前，也会问："你都回来了，梨花娃咋还没有回来？"

他们都已经到了谈婚论嫁的时候。

李向前说，他会向邢燕子学习，扎根农村一辈子，和雷梨花生活在一起，为社会主义农村建设贡献自己的青春和生命。为了表示自己的决心，他当着全生产队所有人的面，把那本《高等数学》烧掉了。

尽管李向前瘦得像只鸡，还戴着电影中坏人才会戴的近视眼镜——那时候的电影中，凡是戴眼镜的都是坏人，但全生产队的人都接纳了他，因为他以后就是生产队的女婿。

后来，知青院盖好了，李向前搬到了知青院里，但是，隔三岔五，李向前还会回到雷梨花家中。雷梨花家中来了客人，做了好吃的招待客人，雷梨花也会把李向前叫回家中一起吃饭。

生产队的很多人都在集市上看到过，李向前拉着雷梨花的手一起赶集。生产队很多人都在风传，说他们两个没结婚，但已经做了结婚的人才会做的事情。生产队有人赶夜路回家，路过村外的打麦场，看到他们两个人赤身裸体睡在麦秸堆旁边，月光下的两具裸体白花花地耀眼……

这种事情是农村人最喜欢谈论的，然后很快地，全公社的人都知道了，那个最漂亮的姑娘，和一个城市插队知青做了不要脸的事情。

生产队的人都认为，这下雷梨花没脸见人了。可是，雷梨花却偏偏喜欢抛头露面，偏偏在所有人都盯着看的时候，她拉着李向前的手，满脸都洋溢着幸福的微笑。怕啥！这是我未婚夫，我们以后是要结婚的。

那时候，雷梨花觉得她是全世界最幸福的女人，她要嫁给一个城市男人了。

有一天，李向前说，他要回到省城去，他妈病了，病得很严重。

谁也找不到借口阻拦他。

他说他最多半个月就会回来。回来后，就和雷梨花结婚，扎根农村一辈子，做一名合格的贫下中农。

从李向前的背影在远处的山脚消失，雷梨花就开始了漫长的等待。

可是，半个月过去了，一个月过去了，李向前还没有回来。那个骑着绿色自行车的邮递员，每隔一段时间，才会出现在生产队。他一出现在生产队，雷梨花就急匆匆地跑过去，等待着邮递员喊她的名字。可是，没有，始终没有，那个下巴长满胡子的邮递员甚至连她看一眼也没有。雷梨花陷入了极大的痛苦中。

然而，让她更痛苦的是，她发现自己怀孕了，她的肚子开始像发面馒头一样鼓起来。

李向前在哪里，她不知道；李向前家在哪里，她也不知道；李向前为什么不回来，她还不知道。痛苦像一座山一样压在她的身上，压得她喘不过气来，可是她只能拼尽全力地顶着，一声不吭地顶着。没有人会替她分担，没有人会给她解忧。她白天装得很轻松，那张阳光照耀的汗涔涔的脸上，总是挂着轻松的微笑，而到了晚上，抚摸着渐渐隆起的肚子，她就陷入了极大的恐慌中，她感觉自己正在滑入无穷无尽的深渊中，身不由己，无能为力。深渊深不见底，黑如墨漆。

她不知道以后怎么办。

肚腹中的婴儿在一天天变大。

雷梨花在一天天地掩盖着，她知道总有一天是再也无法掩盖住了，她陷入了极大的恐慌中。春天的阳光越来越暖和，地上的积雪总有一天会全部消融，而她的秘密总有一天会被全生产队的人发现。

她不知道如何才能让肚子里的孩子消失，没有人会告诉她，她也不知道该问谁，她不知道谁才能把她从暗无天日的深渊中拉上来。她感觉自己就像晾晒在河边的鱼，明明能够看到河水就在眼前，可是无论怎么挣扎，也回不到河水里。她感觉自己就像被捆住手脚丢在山谷里，而山谷上方是危如累卵的巨石，巨石在风中呼啦啦地转动，随时都会掉下来，砸在她的身上。

她使劲地跳动，从床上跳到地上，从架子车上跳到车下，从土埝上面跳到下面……她拼命地干活，干得精疲力尽，干得浑身虚脱，她幻想着睡一觉起来，肚腹又恢复了平坦，她又会回到不认识李向前的快乐时光。可是，那个孩子像在她的肚子里生了根，无论她怎么折磨自己，那个孩子都像旷野里的树苗，见风就长。

无可奈何。

四月的一天，麦苗吐穗，果树开花。

全生产队的社员们，正在地里填窟窿。黄土高原每年都会下几场暴雨，雨水顺着悬崖汪洋恣肆，流进深沟里。暴雨过后，地面就会塌陷，留下大大小小的窟窿。这些窟窿如果不填平，就没法播种。

填窟窿需要架子车，一辆架子车需要两个人，一个拉，一个推。然而，自从李向前回到省城后，杳如黄鹤，再没有人搭伙和雷梨花一起干活了，雷梨花只好独自一个人推着架子车。

太阳火辣辣地照着地面，这天的天气特别炎热，每个人的额头上和背脊上都有了汗水。突然，从北边的山头上涌来了一大片乌云，乌云像细狗撵兔一样，瞬间就遮没了半个天空。头顶上是锅盖一样的乌云，而在锅盖的旁边，却有金色的阳光洒下来，洒在遥远的山坡上。

填窟窿的人都停下了手中的架子车和铁锨，他们望着远处明亮的沐着一层金光的山坡，宛如童话梦境一样的山坡，深深地吸引了他们，让他们如痴如醉，意乱神迷。

他们完全没有想到，头顶上就突然劈里啪啦落下了冰雹。

突如其来的冰雹，砸得社员同志们兵荒马乱，他们把双手放在头顶，像惊散的羊群一样四散奔逃，寻找能够躲避冰雹的地方。有的躲在了架子车下，有的钻进了山洞中。

冰雹一落下来，雷梨花就下意识地捂住了自己的肚子，忘记了躲避。她总是担心隆起的肚子被人发现，她总是竭尽全力掩盖着自己变得异常的肚子。冰雹爆豆一样砸在她的头上，砸得她晕头转向，惊慌失措。冰雹过后，四野突然一片寂静，连荒草也停止了抖动。接着，雷阵雨瓢泼而下，雨点落在地面上，如同繁密的蝉鸣。

雨点砸在雷梨花的身上，她全身的衣服都湿透了，湿透了的衣服裹紧了她的身体，她的身体线条毕露。躲在山洞里和躲在架子车下的人，都看到了她隆起的胸脯，和更加隆起的肚子。

所有人都在惊讶：一个没有结过婚的女人，怎么会有那么高高隆起的肚子？

雷梨花双手捧着肚子，像双手捧着打碎了再也无法粘合的瓷碗，长声哀嚎，声音像受伤的母狼一样凄凉无助。

雷梨花叫了几声后，突然倒了下去，她仰面朝天躺着，摊开四肢，像一匹累瘫了的拉车的马。躲在山洞里的几个上了年纪的女人，冒着大雨跑过去，她们七手八脚地把雷梨花从泥地里抱起来，有一个女人把长长的藏满了积年污垢的指甲摁在她的人中，雷梨花突然醒了过来，发出痛苦的叫声。

接着，她就疯了。她长声嚎叫着，在地上打滚。

全生产队的人都知道最漂亮的姑娘雷梨花，她的肚子是怎么变大的。有的人在骂着李向前，有的人在笑话雷梨花。

王进坤摇着头说："仗义总是屠狗辈，负心从来读书人。"

生产队的人听不懂王进坤的话，但他们能够听懂"读书人"，大家一起跟着说："知识越多越反动，书读得越多人越坏。"

赤脚医生白顺才说："现在说啥都晚了，赶紧送到公社医院里。"

　　赤脚医生白顺才是全生产队唯一的医生，他也要参加集体劳动。如果村子里有人得了急病，就会派人去地里把白顺才喊回去抓药。白顺才劳动一天，也和那样壮劳力一样，记十分工，也就是一个工作日。每天晚上，白顺才都会打开医疗站的门，把电灯挂在门口，有个头疼脑热的人需要看病，就会走进来。

　　白天劳动，记十分工；晚上看病，记三分工。生产队的很多人都在羡慕白顺才，坐在医疗站里就把工分挣了。生产队每年年终分红，十分工可以分到一毛钱。白顺才夜晚在医疗站看病，可以多分三分钱。

　　看病是免费的。谁有病都可以走进医疗站。

　　医疗站靠墙放着几个白色的木柜，每个木柜上都有很多小抽屉，小抽屉上写着"远志"、"黄风"、"柴胡"等中药的名字，每个小抽屉里放着一味中药。木柜顶上写着一行红色的字：救死扶伤，实行革命的人道主义。

　　医疗站这边是放置中药的木柜，那边是放置西药的木架。木架上放着很多塑料瓶和玻璃瓶，瓶子里装着各种颜色的小药丸。而医疗站刚进门端对的，是一个黑色的柜台，柜台上放着很多裁好的正方形草纸，一摞大的，一摞小的，大的包中药，小的包西药。草纸的旁边放着一杆精致的戥子，那是称量中药用的。

白顺才以前不是医生，他是赶牲灵的脚户。

有一首著名的陕北民歌叫《赶牲灵》，"走头头的那个骡子啊三盏盏那个灯，戴上了那个铃子啊哇哇的那个声，白脖子的那个哈巴啊朝南那个咬，赶牲灵的那个人儿呀回来了……"

有一年，那是很早很早的一年，那时候八路军还没有来到这片土地上，白顺才做赶牲灵的脚户。

赶牲灵的脚户，很辛苦。骡子走多远，他就要走多远。这一路上，翻山越岭，风餐露宿。太阳落山了，只要能够找到一处避风的地方对付着住一晚，就非常高兴了。破庙、山洞、瓜庵、废弃的房屋，是脚户常住的地方。

有一年，白顺才赶着两头骡子，驮着中药材，又累又饿，来到了一座村庄。

他刚进村，就遇到一个拄着拐杖的老者，老者问："脚户家，驮的啥嘛？"

白顺才说："药材。"药材不是啥值钱货，路上没人抢，所以白顺才就没在意。

没想到老者感慨地说："啊呀，这下我娃有救了。"

白顺才愣住了，就问道："啥有救了？你娃咋了？"

老者说："驮药材的脚户，肯定懂药材，对不对？"

白顺才下意识地点点头。其实他根本就不懂药材，主家说让他把这两驮药材驮到哪里，他就驮到哪里。他只认识赶牲灵的路程，从不关心驮的是什么。

老者说："赶紧到我家去。"

老者在前面拄着拐杖左摇右摆地走着，白顺才在后面牵着骡子满怀疑惑地跟着，他们走进了一户高门楼的人家里。

盖有高门楼的，肯定是有钱的大户人家。

老者家里给白顺才做了一大碗哨子面，还有两个热蒸馍，一盘炒鸡蛋。白顺才饥肠辘辘，他连吃带喝，把桌子上能吃的全部倒进肚子里。吃饱喝足了，他打着饱嗝，这才想：这家人为啥这么招待我？

那家人不说，他也不问。

那天晚上，那户人家给他准备了一间上房，给他烧了一盆热水。他痛痛快快洗了个澡，然后换上那户人家给他准备的干净衣服，准备睡觉的时候，老者走了进来。

老者恭恭敬敬地问："吃好了吗？"

白顺才说："好了好了。"

老者这才说："我娃这些时月，肚子胀，吃不下饭，有人说我娃快不行了，你懂药材，能不能给看看。我这么大年纪了，只有这一个男娃啊。"

白顺才爽快地答应："没问题。"其实内心七上八下。

老者把忐忑不安的白顺才带到一间房屋里，白顺才看到炕上躺着一个青年，脸色蜡黄，腹胀如鼓。那青年全身都动不了，只剩下眼珠在转动。

白顺才说声"我有办法"，然后走出了那间房屋。

他本来今晚想在这户人家好好睡一宿，现在看来是睡不成了。

白顺才走到马棚里，看着自己的两头骡子，想着脱身之计。一头骡子和白顺才一样，吃饱喝足了，满足地摇晃着尾巴，拉出了一坨屎。

白顺才有了办法，他把骡子屎尿和着泥土，搓成了三个土丸，然后走出了马棚。他对老者说："这是我随身带的药丸，每隔一个时辰，喝下一丸，你娃的病自然就好了。"

老者双手捧着土丸，千恩万谢地走进儿子的房间，白顺才迟疑地走进那间上房。他睡不着，思忖着怎么才能赶快脱身。

　　时间不长，儿子的房间里传来了惊天动地的声音，有大呼小叫的声音，还夹杂着瓦罐摔碎的声音，全家人都心急火燎地跑向了那间房屋。白顺才魂飞魄散，今晚挨一顿毒打事小，要被押解送官，关进监牢里，这一辈子就完了。

　　趁着全家人慌乱，院子里没有人，白顺才赶紧跑进马棚里，牵着两头骡子，溜出了那户人家。

　　那天晚上月光明朗，道路像一条白色的蛇躺在冰冷的地上，白顺才沿着这条冰冷的蛇一路狂奔。

　　半夜时分，白顺才再也跑不动了，就坐在地上喘气。后面来了几个追赶的人，他们手中持着火把。白顺才一看，魂飞魄散，想爬起来继续逃。后面传来了叫声："先生，先生，给你送钱来了。"

　　在那时候的乡间，有三种人被称为先生：看病的先生，教书的先生，看风水的先生。先生，是乡间对人的最高称呼。

　　白顺才没有想到的是，他用骡子屎尿和成的药丸，被那青年喝下去后，刚好有了效果。屎尿的恶臭让那青年上吐下泻，把肚腹里的沉积物排泄干净，那青年一下子能下炕了，一下子身轻如燕了。

　　此后，脚户白顺才被这一路上的人都称为"神医"。

后来，解放了，农村合作医疗社成立了，村村要有赤脚医生，早就名声在外的白顺才，顺理成章地成为了赤脚医生。

有个头疼脑热，感冒发烧，白顺才会治疗，可是像雷梨花这样的流产手术，白顺才从来没做过，

几个女人七手八脚把雷梨花抬上了架子车，按住了她，翻过了三座大山，拉到了公社医院里。这种事情，男人都躲得远远的，避嫌疑。

从公社医院出来后，雷梨花的肚子又恢复了平坦，但她的神经却没有恢复正常。

此后，雷梨花像一只耷拉着翅膀的鸟，在村外的道路上肆无忌惮地徜徉着，想去哪里就去哪里，没有人会在意她。她不用锄地，不用割麦，不用扳包谷，不用挖红薯，不用填窟窿……生产队里只有两个人不用下地干活，一个是老得快死的王有财，一个是疯子雷梨花。

王有财整天坐在村庄的暗影里，像一个不可告人的阴谋。雷梨花整天飞翔在村庄的道路上，像一架笨拙的总也飞不起来的风筝。

第九章　说书盲艺人

饲养员姬金榜是全生产队唯一一个每天晚上都要按时起夜的人。

白天，生产队的牲口全部都要下地干活，它们只有在夜晚才能够休息加料。所以，每天晚上，饲养员姬金榜都要给牲口添加两次草料，天刚黑的时候一次，夜半时分一次。

每当夜半时分，饲养员姬金榜就自动醒来了，他没有闹钟，全生产队都没有一架闹钟，但姬金榜总会准时醒来。如果半夜有月亮，醒来的姬金榜睁开眼睛，总是能够看到月光映照着饲养室门前那棵老榆树，老榆树的树梢影子，刚好抵达了墙头。

今天午夜，姬金榜又和往常的很多个午夜一样，从草房揽起满满一笸箩铡碎的麦秸杆，走向饲养室。他听见了饲养室里传来了牛反刍草料的咕噜声。远处的天边，一道闪电转瞬即逝，照得眼前的一切倏然惨白，又倏然漆黑。接着，远方传来了闷雷的声音，像铁球滚过了木房顶。暴雨快要来了。

　　姬金榜走进饲养室，他刚刚想把笸箩里的麦草倒进石槽里，突然感觉到不对劲。往常的这个时候，牛呀马呀骡子呀，听见他的脚步声，都会兴奋地从地上站起来，喷着响鼻，刨着地面，而今天，饲养室里的牲畜变得非常安静，安静得有些惊悸。而且，他还从饲养室里闻到了一种奇怪的气味，这种气味丝丝缕缕地夹杂在牲畜的体味和粪便味中，显得不合时宜。

　　饲养室里一片漆黑，黑得像浓墨一样，但是，姬金榜在黑暗中也能添加草料，什么地方有什么东西，什么东西放在什么地方，他熟悉得就像熟悉自己的十个手指头。姬金榜把笸箩放在了牲口够不着的石槽外延，悄没声息地走出去。

　　一走出饲养室，姬金榜立即拉闭门扇，把铁梢子插在了门环上，这样，门扇只能从外面打开，里面打不开。

　　姬金榜跑到了村道上，失魂落魄地叫喊："饲养室来贼了，饲养室来贼了……"

　　村道两边的门扇竞相打开，冲出了一群拿着农具的社员。赤脚医生白顺才也出来了，他的手中拿着手电筒。全村只有白顺才配备有手电筒，因为他有时候要夜晚出诊。

在手电筒的引领下，雄赳赳气昂昂的社员们，来到了饲养室。姬金榜拔掉门上的铁梢子，社员们一齐冲进去。然而，冲进去后，他们全都傻眼了。

白顺才手中的手电筒，照耀的是四个盲人，四个盲人蓬头垢面，形容枯槁，身上的衣服破破烂烂，连乞丐都不如。他们举着手臂说："我们是好人，好人……"

这是四个说书盲艺人。

酝酿了一个夜晚的暴雨，终于没有落下来。

天亮后，漫天的乌云吹散了，湛蓝湛蓝的天空，像一望无际的海水，浩渺深邃。社员们又不得不去地里干活。

今天，四个说书盲艺人成了最主要的话题，社员们一边感叹说"都是惜慌人"，一边猜想着他们从哪里来的。

"肯定是从北山来的。"王进坤说。这里的人，把前面的山叫南山，其实就是秦岭山脉；把北面的山叫北山，其实就是蒙古高原。秦岭山脉和蒙古高原，只有见多识广的老秀才王进坤才去过。

"他们是干什么的？"有人问。

王进坤说："这是说书艺人，祖祖辈辈都传了几百年了，也许有几千年都说不准。他们这辈子就是靠说书吃饭的。"

有人问："那能不能也给咱说上几天书？"

又有人说："咱都给队长说说，队长会同意的。"

还有人说："这老多天都没来演电影了，能听听说书也不错。"

他们正说着话，看到队长吕长苟背着双手，踩着田埂走了过来。

有人说："队长，让说书的给咱也说上一天书吧。"

队长吕长苟以一副和善可亲的面容说："我们的宗旨就是为人民服务的，只要你们喜欢，今晚就开始说书。"

社员们欢声雷动。

说书是在小学校说的。

孩子们早早就放学了，民兵排长雷德禄带着几个人从教室里抬出桌子，放在操场，摆成两排，中间搭着砌墙的木板，一个简易的舞台就搭起来了。舞台的四周挂着电灯泡，距离老远就能够看到。

　　天刚擦黑，社员们就来到了小学操场，第一次听说书，一个个满脸笑容，见面互相打着招呼，比看电影还兴奋。而这时候，四个说书的还在会计白家兴家吃派饭。吃派饭是能够从生产队领到补助的，每年都会从上面来几次工作组、检查组，都在村干部家吃派饭，这种好事哪里轮得到"贫下中农"？

　　四个说书的吃饱喝足了，他们一个跟着一个来到了小学操场，最前面的那个手里有根探棍，像鸡啄米一样点着地面，后面的三个亦步亦趋，一个挨着一个，手掌都放在前面的肩膀上。走在最后面的，斜背着一把三弦。

　　四个说书的一登上简易舞台，舞台下大大小小的人全都不说话了，瞪大眼睛望着灯火辉煌的舞台。四个说书人坐在凳子上，他们中的一个人手中拿着三弦，另外三个人变戏法一样，从衣服下掏出了竹板。

　　三弦先拉了起来，声音迟钝，拖沓冗长，像一个女人跪在雪地里哭泣。坐在前排的几个老女人，还没有听到唱腔，脸上已经有了盈盈泪光。

　　三个竹板同时打了起来，拉三弦的开始唱起来，他向上翻着眼睛，灯光下的眼白看得分外凄惨，令人心悸。他一会儿唱林冲，一会儿唱刘备，一会儿唱秦琼，唱着唱着，自己把自己都给唱混了……林冲落难，一分钱难倒英雄汉，没有了盘缠只能卖黄骠马……八十万禁军教头刘备，被奸贼曹操霸占妻子，逼上梁山……

在台下听书的王进坤听得一身鸡皮疙瘩，这都是哪儿跟哪儿呀。可是，所有人却听得津津有味，有的人边哭泣边抹眼泪，还抽着鼻涕；有的人专心致志地望着台上，脸上的道道皱纹都是愁苦。

王进坤悲苦地想：这人啊，知道得越多，越痛苦，你看看这些听说书的社员，他们不识字，不会算数，但他们个个都乐哈哈的，都是活过这一天，人家过得兴高采烈，而自己过得伤心悲痛……

王进坤正在想着，突然听到前面传来了吵架声，两个女人的尖叫声像两只争斗的公鸡，她们的声音盖过了台上的说书声。

吵架的是两个老女人，王黑炭他娘和雷德禄他娘。

没有人知道她们为什么会吵起来，当人们注意到她们的时候，她们就已经吵起来了。她们的声音像两架高音喇叭，声浪像波涛冲刷礁石。

王黑炭她娘骂雷德禄她娘不要脸，把自己家自留地的麦子偷割了两行；雷德禄她娘骂王黑炭她娘老不正经，年轻的时候偷汉子，现在报应在自己孩子身上，王黑炭都三十了，还没有娶上媳妇；王黑炭她娘骂雷德禄她娘是个地主婆，谁的便宜都想占；雷德禄她娘骂王黑炭她娘是个母狗，见了公狗就把屁股翘起来……

两个人说得根本就不是一回事，但两个人却各说各的，一个比一个的声音大，她们认为，谁的声音大，谁就赢了；谁的声音大，谁就占理了。

王黑炭她娘的声音像下暴雨，绵绵不绝；雷德禄她娘的声音像鸡啄米，招招见血。

王黑炭她娘看到自己快要落于下风，她使劲拍打着自己的屁股，她两瓣肥大的包裹在粗布下的屁股，被自己拍得啪啪响，她突然声如裂帛一样地唱起来："啊呀呀，谁家大姑娘怀野种；啊呀呀，谁家大姑娘裤带松；啊呀呀，谁家大姑娘成烂逼；啊呀呀，谁家大姑娘总想怂……"怂是方言，指的是精液。

王黑炭她娘出口成诗，合辙押韵，而且曲调悠扬，荡气回肠，所有人边听边笑。王黑炭他娘唱得可比台子上的说书盲艺人精彩多了。艺术来源于生活，王黑炭他娘唱的是真正的生活。

生产队的人最喜欢谈论的是男女之间的风流韵事，王黑炭他娘年轻的时候，在娘家有一个相好的，这事全村人都知道，唯独瞒住了王黑炭他爹。这种事情，丈夫总是最后一个知道的，大家都喜欢说，但没人会说给丈夫听。王黑炭他爹知道的时候，王黑炭都已经上小学了，这事他只能知道了装作不知道，你想离婚还是咋的？离了婚你还能再娶得上老婆吗？

王黑炭他娘偷情的事情，被生产队的人谈论了几十年，而且以后还会谈论下去，甚至王黑炭他娘死了，人们还会继续谈论。生产队的人最关心的就是这点破事，这点破事总是能够激起他们强烈的兴趣。然而，谁也没有想到，生产队今年有了更新鲜的话题，雷德禄的妹妹雷梨花，还是大姑娘，就怀上了知青的野种。

人们谈论雷梨花，比谈论王黑炭他娘更有兴趣。王黑炭他娘都长了一脸的皱纹，而雷梨花却是新鲜水灵的大姑娘啊。

雷德禄他娘听到王黑炭他娘说起了自己闺女的事情，她一下子变得哑口无言，像只被霜打的茄子，她瞪大眼睛，满脸赤红，呼吸都变得急促起来。

王黑炭他娘不依不饶，嘴巴像打机关枪一样继续骂着："女儿都让人日翻了天，她娘能是啥好货色……"

雷德禄他娘说不过王黑炭他娘，就扑上去，骂道："我今儿个把你的烂逼嘴撕开了。"

王黑炭他娘回骂道："你们母女两个的逼，一个比一个烂。"

两人打在一起，抱在一起，在地上滚来滚去。旁边没有一个人劝架，人们都让出空间，起哄着看她们打架。

王进坤摇摇头，走出了小学操场。

王进坤沿着小路走回生产队，小路上一个人也没有，全生产队的人都去了小学操场看说书，甚至连从不出门的瞎子老婆王世杰他娘都去了。瞎子老婆盘腿坐在最前排，她的旁边是一群半大孩子。瞎子老婆斜歪着头，听得很专心，嘴角挂着一颗摇摇欲坠的口水，而她却茫然不知。甚至连王黑炭他娘和雷德禄他娘吵架的时候，瞎子老婆还如痴如醉地端坐着。

王进坤想：瞎子老婆不但眼睛不好使，耳朵也不好使。

王进坤沿着村外的小路，走到村口，听到村庄里传来两声狗叫，然后又恢复了平静。黑魆魆的村庄，像一座古墓，王进坤走在古墓中，很自然地放轻了脚步。

　　他走到村中间的时候，突然看到前面闪过一道黑影，他心头一紧，遇到贼娃子了，赶紧蹑手蹑脚地躲在了树后。

　　那道黑影在王世杰家门前停住了，然后，黑影从地上捡起一块土疙瘩，隔墙丢进去，王世杰家的院门无声打开了，黑影一脚高一脚低地闪了进去。

　　王进坤想：今晚咋啥事都让我碰上了！

第十章　天上掉下了漂亮女人

在生产队里，有两个人是最被人看不起的，是人人都可以欺负的，一个是王黑炭，一个是白家有。

王黑炭是因为太老实，老实到了愚蠢的地步。媒婆黄水娘经常捉弄他："黑炭，你给姑买上一瓶酒，姑给你说门好媳妇。"王黑炭果然就偷他娘的钱，到公社供销社买回来一瓶西凤酒送给媒婆。过几天，王黑炭问媒婆："我的媳妇呢？"媒婆说："人家那个女子嫌你黑，不愿意，姑再给你挡一个，你得再买一瓶西凤酒。"王黑炭二话不说，又偷他娘的钱，又去买酒。媒婆没少喝王黑炭的酒，可王黑炭连个媳妇的毛都没见上。王黑炭家的钱，都掌握在他娘手里，王黑炭笨得像个榆木疙瘩，可是他娘精明得很，饸饹眼床子，浑身是窍。生产队的人都说："黑炭他娘把他儿的灵气全带走了。"

白家有和王黑炭不一样。王黑炭是老实巴交，白家有是好吃懒做。谁家盖房打墙，都喜欢喊上王黑炭，担水饮砖，和泥抹灰，什么活重，什么活累，就让王黑炭干，王黑炭从不弹嫌。但你想让白家有给你家干一点活，比骡子生骡驹还难。白家有拉车的时候，咬牙切齿，额上青筋饱绽，似乎浑身使劲用力，而拽绳都没有绷直。你让白家有挑水，他好不容易从水井里吊上了满满一桶水，却把半桶水又倒进井里，只挑着两个半桶水晃荡晃荡走过来，却还走得歪歪斜斜，似乎把吃奶的劲头都使出来了。

王黑炭最喜欢找福海。

福海在山沟里放羊，周围十里八里都没有一个人，他们说什么，做什么，都没人知道。福海放一天羊，挣一个劳动日的工分，白家有跟着福海混一天，挣不到一分工。生产队的人都在笑话白家有。

可是，没有人知道，白家有的日子比他们每个人都要舒坦得多。白家有一见到福海，就躺在地上聊天。

白家有和福海最喜欢聊女人。他们活了这么大，都没有见过女人的身体，他们在想象中，构思着女人的身体。女人的奶子他们见得多了，那些还在哺乳期的女人，一从地里干活回来，就抱过嗷嗷待哺的婴儿，敞开怀喂奶。这些女人的奶子都是长条形的，像个面袋子。她们一跑动起来，两条垂到腰间的面袋子就左右乱晃，带动得全身每一块肉都在晃动，但是，他们一直不知道女人的那个东西长成了什么样子。

福海说，她有一次差点就看到了女人的那个东西。

白家有问："你看谁的？"

福海说："雷梨花的。"

白家有嗤嗤笑着说："雷梨花都能比你高一头宽一膀，你怎么能看到她的？"

福海说："我有的是办法？"

白家有问："你能有什么办法？"

福海说："我逮了一只蝎虎，偷偷放在雷梨花的衣服后面，蝎虎在她的身上乱爬，她吓得尖叫起来，我趁机从后面抱住她，手伸进她的裤裆里，脱她的裤子……"

白家有用舌头舔着干裂的嘴唇，咽了一口唾沫，说："没想到你人小鬼大，想到这样的好办法。脱下来没有？"

福海说："差点就脱下来了，没想到她转身给了我和一个耳光，说'日你妈的，回去摸你妈的逼去吧'。"

白家有开心地大笑，说道："人家让知青日，不让你日。"

白家有笑着笑着，突然不笑了，他问道："雷梨花真的是这样骂你的？"

福海说："真的啊。"

白家有的眼珠在眼眶里转了两转，然后学那个年代黑白电影中的英雄人物，一只手插在腰间，说道："疯子怎么能骂出这样的话？你相信疯子能骂出这样的话？"

福海说："我也觉得奇怪，平常看雷梨花，连句完整的话都说不清楚，那天突然就那样骂我。"

白家有似乎是自言自语地说："雷梨花该不会是装疯吧。"

福海嘲弄地笑了："谁会傻到自个装疯？装疯能有什么好处？"

白家有又问道："你摸到雷梨花的逼没有？"

福海满脸都是笑，说道："摸到了。"

白家有凑上前来，兴奋得满脸放光，问道："什么样子？"

福海遗憾地说："我只摸到满手毛。"

他们睡在地上，想象着那"满手毛"的下面长什么样子，他们有一句没一句地说着，说得兴致勃发，白家有把他那条不知道有多少天没有洗的散发着汗臭的裤子脱下来，看着自己的下面，自然自语地说："这会儿要是有个女特务该多好。"

福海说："女特务你也想弄？"

白家有说："你看电影上，女特务都长得漂亮极了，卷发头，大屁股……"

一只绵羊慢悠悠地走过来，低着头，边走边吃草，绵羊的肚子下面，吊着两只饱满的奶子，粉红色的，带着黑色的斑点，像两只硕大的红薯。这是一只母羊。

白家有笑嘻嘻地看着福海，说道："饲养员姬金榜弄母牛的事，你知道吗？"

福海嘎嘎地笑着，说道："我也听人说过，被牛喷了一身尿。"

白家有慢慢走近那只母羊，岔开五指，梳理羊毛。那只母羊温顺地靠近白家有，全然不知道白家有险恶的阴谋诡计。

白家有掀起羊尾巴，看着母羊菊花一样的生殖器，说道："女人的逼，肯定也和这一样。"

福海说："你这个怂货，是不是想弄我的羊？"

白家有不说话，慢慢走到母羊后面，他想用手指分开母羊的生殖器，母羊可能受疼了，它掉转身，一下子顶在白家有的肚子上，盯得白家有仰面朝天倒在地上。

福海大声笑着，笑得喘不过气来。

白家有气急败坏地爬起来，追赶那只母羊，然而，母羊逃到了头羊的身边。头羊是只大公羊，长着一对粗大的犄角，这对犄角让它显得面目狰狞。头羊睁着一对凸起的杀气腾腾的眼睛，突然冲向白家有，吓得白家有落荒而逃。

福海笑得差点背过气去。

有一天，白家有来找福海的时候，手里提着一根花椒树的枝条，连枝带叶的花椒，有的呈现出成熟的红色，有的是还没成熟的绿色。

福海问："你拿这个干什么？"

白家有说："煮羊肉吃。"

福海说："用啥煮？"

白家有说："我早就准备好了。放羊老汉死了后，我把他的铁锅藏起来，谁也找不到。放羊老汉这辈子穷的啊，家里也就一口铁锅能卖两钱。"

福海有点害怕："你真的要杀羊吃？"

白家有说："我们一起吃，不是我一个人吃。"

福海犹犹豫豫地说："这队长要是问起来，怎么交代？"

白家有不再理他，他走到那只想弄却没有弄成的母羊身边，一伸手抓住了它的羊角。

福海说："这个羊不能吃？"

白家有鄙夷地说："羊生下来就是让人吃的，哪里还有不能吃的羊？"

福海说："这只母羊怀崽子了。"

白家有说："怀崽子更好，我连崽子一起吃。"

白家有抓着母羊的弯角，母羊瞪大眼睛，奋力挣扎着；白家有也瞪大眼睛，奋力掰扯着。母羊力气大，白家有力气小，母羊步步后退，白家有趔趔趄趄。福海在一边看得哈哈大笑。

突然，头羊冲过来了。头羊四蹄生风，从斜坡上冲过来，它的身后扬起了高高的尘土，它像一匹奔驰的骏马一样风驰电掣，它脖子下的铜铃铛一路急响，它低垂着头，粗大的弯曲的羊角像两杆蛇矛。白家有完全被吓傻了，他放开了母羊的犄角，却不知道躲避。

头羊的弯角顶在了白家有的屁股上，白家有叫声"我的老娘啊……"似乎突然醒悟过来，这才转身逃跑。头羊在后面紧紧追赶，铜铃铛的声音密如骤雨。白家有边跑边回头看，突然一脚踩空，他的身体像短线的风筝一下，一路跌跌撞撞地掉在了暗窟窿里。

头羊看到白家有掉下去了，它转过身，像没事人一样，咩咩叫了两声，继续吃草。

福海看到白家有掉下去了，赶紧跑过去，爬在暗窟窿边，向下看。阳光斜斜地照在洞壁，洞壁边有一只壁虎似乎受到了惊吓，慌手慌脚地钻进土层的缝隙里。阳光的下面一片漆黑，福海不知道暗窟窿到底有多深。

福海对着下面喊："家有，家有……"

黑暗中传来了白家有的呻吟声，还有叫骂声。

一听到叫骂声，福海就笑了，知道白家有不但活着，而且身体也不会有大碍。雨水冲出的暗窟窿曲里拐弯，白家有在一路跌跌撞撞中掉下去，居然没有摔死。

福海问："你看得见我吗？"

白家有说："我看得见。"

福海手持鞭把，把鞭子伸进暗窟窿，想让白家有抓住鞭梢子，然后拉他上来。可是，白家有在下面说："这窟窿深得很，你得找条长绳把我拉上来……啊呀，啊啊……"

白家有突然在下面发出了惊恐的尖叫。

尖叫声让福海毛骨悚然，福海问："怎么了，怎么了……"

暗窟窿里传来了一个女人的声音："大哥，你甭怕，我不是鬼，我是人，是人……"

突如其来的女人的声音让福海心花怒放 好像漫天乌云突然绽放出绚丽霞光。暗窟窿里传来了女人的声音："上面的大哥，救我出去吧。"

在这荒无人烟的野外，突然出现了一个女人，福海激动不已，连声音都在颤抖，他说："我救你上来可以，可你得给我当媳妇。"

女人还没有说话，暗窟窿里传来了白家有的声音："是我救的你，你得给我当媳妇。"

福海在上面说："这女人必须是我的媳妇，我是干部子弟，你有什么？你没爹没娘，谁会嫁给你？"

白家有说："是我先看到这女人，这女人必须嫁给我。"

暗窟窿里传来了女人的哭声。

福海喊道："那你们两个就死在里面吧，我走了。"

福海站起身，故意甩了一声清脆的鞭响。暗窟窿里传来女人急切的叫声："大哥，大哥，我答应你，快救我出去。"

　　天上突然掉下来一个媳妇，福海高兴得又蹦又跳，蹦起来后两条短腿在空中乱蹬。他挥动长鞭，把羊群赶回生产队。路上遇到熟人，人家问他："福海，天还没黑，你咋就把羊群赶回来了？"福海笑着说："我有媳妇了。"路上的人听到他这句没头没脑的话，忍不住哈哈大笑，这福海八成是想媳妇想疯了，满嘴胡话。

　　福海把羊群赶进羊圈里，赶紧跑回家把这件事告诉了他妈，福海妈听到后，咧开瘪瘪的大嘴狂笑不已，她说："老天爷开眼了，这世界上还有这样的好事……赶紧到饲养室找姬明哲要长绳。"

　　暗窟窿有多深，没人知道，但既然是被雨水冲刷的窟窿，至少也会有七八米深。生产队里谁家会有这样长的绳索？除非饲养室才会有。每年交公粮的时候，胶轮车上堆满了装着粮食的帆布口袋，姬明哲拿出一年才会用一次的长绳，横捆竖捆斜捆，用一根长长的绳索把几十个口袋牢牢固定在胶轮车厢里，这种手艺，只有车把式姬明哲才能做出来。别人捆扎的，总会有布袋溜下来。

　　饲养室里，饲养员姬金榜正和车把式姬明哲铡草，姬金榜坐着，姬明哲站着，姬金榜把各种叫得上名字的和叫不上名字的杂草捋一捋，卡在两只手的虎口中间，然后靠近铡刀。姬明哲手中的铡刃落下来，杂草就像切开的豆腐一样，整齐地落在地上，铺了一层又一层。

姬明哲一听说要救人，赶紧放下铡刀，翻出长绳，搭在肩膀上，跟在福海身后急匆匆地走出去。姬金榜听说暗窟窿里有个女人，站起身来，衣服上沾满了细碎的杂草，他说："真是天上掉馅饼，这世上啥事都有。"

姬明哲和福海走出村外，一路急急忙忙向前赶。姬明哲撂开两条长腿，走得虎虎生风。福海跑动两条短腿，跑得气喘吁吁，他一路都在喊着："等等我，等等我。"

两个人来到了暗窟窿边，姬明哲俯下身子，对着里面喊："有人没有？"

里面传来了二流子白家有的声音："明哲哥，赶紧救我上来。"二流子年龄比姬明哲还大，现在着急了，就喊"明哲哥"。

姬明哲说："怎么是你？你怎么在里面？"

暗窟窿里又传来了一个女人的声音："救救我，救救我。"

姬明哲听得惊讶不已："咦，真的有个女人。"

姬明哲给绳索上绑了一块石头，一点点放下去。石头带着绳索，一路磕磕绊绊地落在了暗窟窿里。姬明哲对着里面喊："把绳子绑在腰上，双手抓住，我拉上来。"

话音刚落，身后传来了杂沓的脚步声和嘈嘈杂杂的说话声，姬金榜在村道上说有个女人掉进了暗窟窿里，村子里几乎所有人都跑来看稀奇。

大家抓住绳索，七手八脚拉上来，先上来的是一身尘土的二流子白家有，人们嘻嘻哈哈地讥笑他；再上来的是那个女人，那个女人一被吊上来，所有人都不说话了。

那个女人又高又漂亮。

福海挡在那个女人的面前说："人是我救的，是我的媳妇。"

然后，他又对着姬明哲说："你去找你的雷梨花去，这个女人是我的。"

第十一章　乡村青年没有爱情

全生产队的人都知道姬明哲喜欢雷梨花。

姬明哲、雷梨花，还有那个当煤矿工人挣国家工资的王世杰，都是同学。

姬明哲长得好，长手长脚，一举手一投足都带着一种潇洒。他的身上总是收拾得干干净净，身上有一股洋胰子的气味。他自己用铁皮制作了一个挂在墙上的水箱，只要身上脏了，就去冲澡。他上学的时候，就学习成绩好，老师讲一遍，他就记住了；中学毕业回到生产队，他很快成为庄稼把式，农活看一遍，就会做了，摇耧、扬场、赶车……这些技术含量最高的活，他干得得心应手。

姬明哲是全生产队的人稍子。

姬明哲他娘曾经央求媒婆黄水娘去雷梨花家提亲。可是，雷梨花她娘不同意。

那时候，有一句择偶的顺口溜，叫做"一工二干三教员，宁死不嫁庄稼汉。"庄稼汉一天拼死拼活，年终分红，一天的劳动日只能分到九分钱，宝鸡卷烟厂生产的羊群牌香烟也是九分钱，所以，生产队的人就说：

"一天到晚拼命干，只值一盒羊群烟。"

庄稼汉穷到了极点。

雷梨花他娘看上了王世杰。

王世杰和姬明哲比，就像天上掉到了地下。全生产队的人都知道，王世杰是个邋遢鬼，他都上小学五年级了，还整天挂着鼻涕。他一走路，鼻涕就摇摇晃晃，快要掉到嘴巴里，路边的人喊："世杰，你的鼻涕过了黄河了。"王世杰用衣袖一抹鼻涕，张开大嘴嘿嘿笑着。冬天的时候，他的两只衣袖上常年板结着鼻涕凝成的硬壳。王世杰头脑迟钝，老师如果说谁笨，就会说："你咋笨得跟王世杰一样？"

中学毕业后，王世杰和姬明哲、雷梨花都回到了生产队。

王世杰尽管又愚蠢又邋遢，然而给他提亲的人却很多。因为王世杰有一个在外挣国家工资的爹。

王世杰的爹在煤矿工作。

刚解放的时候，国营企业到农村招工，分配给生产队一个名额。可是，没有人愿意去。土地分到了各家各户，只要你舍得力气，就有吃的有穿的。土地是个好东西，只要你好好伺弄，就不会亏待你。"三十亩地热炕头，婆娘娃娃热炕头"，谁稀罕抛家弃舍的，到人生地不熟的工厂去当工人？

可是，组织分配的任务又不能不完成，大家就在一起撺掇，让王世杰他爹王疙瘩去。

王疙瘩很小的时候，就没有爹没有娘，他是吃百家饭长大的。没有村子里家家户户的照顾，他就活不到现在。所以，让王疙瘩去到工厂里当工人，王疙瘩也没法推辞。

就这样，王疙瘩背井离乡，远离故土，到煤矿当了一名工人。

然而，谁也没有想到，王疙瘩到煤矿居然混好了。

他在煤矿挖煤，煤矿月月发工资。除了工资，衣服、黄胶鞋、雨鞋、帽子、手套、肥皂、茶叶……都免费发到手中。

他每次回村的时候，都穿着四个兜的干部服，到底他是多大的干部，没人知道。反正在农村人的眼中，穿这种衣服的人，都是干部。

王疙瘩回到分给他的地主马北西的一间房子里，房间里总是挤满了村庄里的人。王疙瘩从口袋里掏出大前门香烟，一人散了一根，然后说："煤矿的生活好啊，大肉片子，随便吃，每顿都是一人吃一大碗。这大前门，也是随便抽，有间房子里堆的全是大前门，怎么抽都抽不完；点心，啊呀，我们煤矿叫糕点，一人一天发一斤，睡觉前必须吃完，不吃完不准睡觉……"

人人眼里都露出羡慕的神色："啊呀，人家煤矿就是好。"

王疙瘩笑嘻嘻地说："那当然，工人阶级领导一切，我们工人都是领导嘛。"

有人小心地问："你手底下管多少人？"

王疙瘩抽一口烟，眯缝着眼睛，很享受地说："我管的人太多了，具体没数过，每天早晨有人专门点名，拿着花名册，点到谁的名字，谁就进煤矿，我估摸着，没有几千，也有几百。"

所有人都发出啧啧的称羡声。

只有老秀才王进坤说："他一个字都不认识，连自己名字都不会写，当什么领导干部啊？"

王疙瘩是"领导一切"的干部，来给他说媒的，差点把门槛板踏破了。

王疙瘩很快就结婚了，很快就有了儿子王世杰。

王世杰上初二的时候，他爹患病死了。王世杰他娘眼睛哭瞎了。

煤矿来人到王世杰家了解情况，答应每月给他家发放困难补助，并答应在王世杰 18 岁的时候，让他接班到煤矿工作。

王世杰的鼻涕还没有拾掇干净，他已经是"公家的人"了，他以后也会像他爹一样，月月领着国家的工资，抽着六毛五分钱一盒的大前门香烟，"一天一斤点心"地吃着。

站在远处的姬明哲，尽管处处都比王世杰优秀出色，但他爹是农民，他注定只能一辈子把日头从东山背到西山。王世杰的爹是工人，所以王世杰会接他爹的班也成为一名工人。工人阶级领导一切，用王世杰他爹的话来说，"工人阶级就是领导。"

当年，媒人把王疙瘩家的门槛差点踏断了，现在，媒人又把王世杰家的门槛差点踏断了。

尽管，王疙瘩是个孤儿；尽管，王世杰家孤儿寡母。

但，王疙瘩和王世杰都是"公家的人"。只要是"公家的人"，就比农民高一等，就比农民生活好。

雷梨花他娘央求媒婆黄水娘去王世杰家提亲，王世杰的瞎子娘满口答应。雷梨花是全公社长得最好的姑娘，你不答应她，还能答应谁？

全生产队的人知道雷梨花和王世杰订婚后，都感慨地说："一疙瘩红烧肉落在了狗嘴里。"

可是，一疙瘩红烧肉落在了狗嘴里，狗还居然吐了出来，狗还看不上这疙瘩红烧肉。狗要吃牛肉。

王世杰到煤矿上班，认识了一个名叫郑小琴的女人。

郑小琴家在城市郊区，她皮肤白皙，身材修长，说话嗲声嗲气，浑身透着一股狐媚气。她和经常在生产队干活的雷梨花完全不一样，她和在生产队干活的每一个女人都不一样。

郑小琴知道王世杰是挣工资的公家人，就说要嫁给他。

他们是自由恋爱的，中间没有媒婆。那时候的城市人都是自由恋爱。郑小琴尽管不是城市人，可她是城市郊区的，距离城市不远。王世杰尽管也不是城市人，可他在城市郊区的煤矿挖煤，距离城市也不远。自由恋爱的春风早就从城市吹到了城市郊区，只是还没有吹到生产队。

王世杰带着郑小琴回来了，他们先回到公社，领了一张鲜红的结婚证，结婚证的最上面写着"最高指示 抓革命，促生产"。他们怀揣着印有"最高指示"的结婚证，回到了生产队。

生产队的所有人都像过江之鲫一样从王世杰家进进出出，他们看的不是那个木讷愚蠢的王世杰，他们看的是王世杰带回来的新媳妇。王世杰的新媳妇说着城市人才会说的普通话，她一双明亮的眼睛扑闪扑闪，好像也会说话一样。王世杰的新媳妇会撒娇，她一撒娇，整个人都像融化了一样，变得糯润香甜，让每一个男人都恨不得一把把她搂在怀里。王世杰的新媳妇皮肤白得像雪一样，高高的奶子翘起来，颤颤巍巍，好像在招手一样。王世杰的新媳妇屁股很大，走起路来，两瓣表情丰富的屁股，夸张地左右摇摆，也好像在招手一样。生产队的这些面朝黄土背朝天的社员同志们，哪里见过这样的女人？这样白皙丰满细腻的女人，一年四季把日头从东山背到西山的雷梨花，哪里比得了？

那天晚上，村子里很多男人溜进王世杰家听房。听房是生产队的风俗，即使被新婚夫妻发现了，也不能见怪。很多人的新婚之夜，会成为人们一辈子的笑谈。

然而，那天晚上，这些听房的男人笑不出来，他们从来没有听过一个女人会像郑小琴这样风骚。郑小琴一直在叫着，是那种令男人灵魂出窍的骚叫，是那种处于交配期的母猫才会有的骚叫。他们想不明白，一个女人居然会发出这样深入骨髓的骚叫，这样的声音是农村女人永远也不会叫出来的。他们在心里狠狠地骂着：便宜了王世杰这狗日的，那么好的逼叫他给弄了！

王世杰结婚了，他曾经的未婚妻雷梨花气坏了。

雷梨花爱的不是王世杰，他爱的是王世杰每月五十元钱的工资，爱的是他在煤矿挖煤的工作，爱的是他的工人身份。然而现在，这份工资和工作，都被一个叫郑小琴的外来女子占据了。

雷梨花发誓，她一定要找一个胜过王世杰的人，她一定要让王世杰看看，我能找到比你更好的。

比王世杰更好的，是城市人。城市人有城市户口，有每月供应的三十斤面粉和二斤菜油，还有每月都能领到固定工资的工作。

雷梨花说，我一定要嫁给城市人。

王世杰结婚了，他曾经的未婚妻雷梨花被晾在了半路上。

雷梨花成为了生产队很多人的嘲笑对象。

这个时候唯一解决的办法，就是赶快找一个。

媒婆黄水娘又来到雷梨花家，她替雷梨花说的还是姬明哲。全生产队的人都认为，姬明哲和雷梨花太般配了，姬明哲高大英俊，聪明绝顶，啥都会做，人品又好，这样的男人，就应该娶全公社最漂亮的女子雷梨花。就连当初不同意的雷梨花他娘，这回都同意了。

但是，雷梨花不同意。

雷梨花不是看不上姬明哲，是个女人，都会喜欢姬明哲，都能看上姬明哲。

雷梨花咽不下这口气。

姬明哲什么都好，他简直就是世上最完美的男人，可是，他是农村户口，他没有工作，他没有工资，他贫穷，他在社会最底层。

城市农村两重天。

后来，生产队来了知青。

知青来到生产队，最高兴的是雷梨花。

城市乡村两重天，本来完全就没有交集，农村青年雷梨花想要嫁到城市，比织女嫁给牛郎还难。

可是现在，城市知青来到了农村，一道连接天上地下的鹊桥，像彩虹一样搭成了。

书呆子李向前住在了雷梨花家。

雷梨花一见到李向前，就发誓这辈子一定要嫁给他，他看上的不是弱不禁风的手指像鸡爪子一样的李向前，他看上的是李向前的城市户口。

即使家里住的不是李向前，而是猪向前、狗向前，她也会嫁给他。因为他们都拥有农村青年望尘莫及的城市户口。

她全心全意爱着李向前，她对李向前言听计从，即使李向前要脱她的裤子，她也没有拒绝。

她认为，只要自己怀孕了，只要自己给李向前生了娃，李向前就一定会娶她。

然而，她没有想到，李向前中途回了城市，再也没有回来。

她一下子疯了。

雷梨花她娘带着雷梨花来找赤脚医生白顺才。

赤脚医生白顺才是方圆几十里有名的医生，他有自己的偏方，还自己配置药物，他尤其擅长拔脓。他自己熬制了一种膏药，无论化脓多严重的伤口，只要贴上他的膏药，保证三天后化脓消肿，伤口愈合。

曾有在大医院也治不好脓疮的病人，来到生产队找白顺才。白顺才给了三幅膏药，人家要给钱，白顺才说，自己熬制的膏药，要啥钱啊。那个病人拿个三幅膏药离开了。

过了一周后，那个病人又来了，他腿上的脓疮消失了。这次，他送给赤脚医生白顺才一包点心，一条大前门香烟，一包白糖。

白顺才很惊讶，说道："礼重了，礼重了。"

那个人说，他是县革委会的干部，在一次骑车子下乡的时候，摔了一跤，摔伤了腿，因为没有及时医治，伤口一直化脓，他看了很多医生，甚至都去地区医院看了，都没有看好，没想到，生产队的赤脚医生白顺才仅仅用三幅膏药，就治好了。

他还说，他给县城大医院打了招呼，过段时间，让白顺才带上他熬制的膏药，去县城大医院讲课，让他的膏药更好地为人民服务，为社会主义做贡献。

白顺才没想到自己突然就出名了，要去县城讲课了，他说：一定照办，一定照办。

雷梨花她娘认为，白顺才医术这么高明的医生，一定能治好女儿雷梨花的疯癫。

可是，白顺才说：心病还需心医治，我一个看身体的医生，看不了这病。

雷梨花她娘问：心医他家住在哪里？我这就去。

白顺才笑着说：心医不是一个医生的名字，这是一种通俗的说法。梨花是婚姻上得的病，还需要婚姻来治疗。

雷梨花她娘终于听懂了，她说：我娃现在成了疯子，谁愿意娶我娃呀。

白顺才说：这病，只要结婚后，心情一好，自然就没病了。你娃只是一时想不开，一想开了，自然就好了。

两人正在说着话，媒婆黄水娘花枝招展地走来了，她走路一步三摇，风摆杨柳，距离很远，只要看走路的姿势，就知道是媒婆黄水娘。

雷梨花她娘一见到媒婆黄水娘，就说："娃她姑，给咱梨花娃赶紧瞅上个对象。"

黄水娘说："啊呀呀，这还用瞅？有人就一直等着娶你家梨花呢。"

雷梨花她娘问："谁呀？"

黄水娘说："车把式姬明哲呀，他说不管雷梨花成什么样子，他都愿意娶。你们想什么时候结婚都行。"

雷梨花她娘高兴得不得了，她没有想到世界上还有像姬明哲这样的好男人。

雷梨花她娘三步并作两步跑回家中，对雷梨花说："啊呀，天大的喜事，姬明哲愿意娶你当老婆。"

雷梨花她娘觉得雷梨花会非常高兴，她一高兴，说不定病立马就好了。可是，雷梨花直勾勾地看着她，摇摇头，她说：我要嫁到省城里。

雷梨花她娘的心一下子跌入了冰窖，看来，女儿彻底疯了。

既然连赤脚医生白顺才都没法救，雷梨花她娘想到了娘家村的神婆子。

只有神婆子能救她。

神婆子只要把扑在雷梨花身上的鬼魂赶走，雷梨花就变成正常人了。

第十二章　听房

福海带着车把式姬明哲去暗窟窿里搭救那个女人时，福海妈带着一篮子鸡蛋来到了队长吕长苟家。

在生产队里，每只母鸡都是鸡屁股银行，每颗鸡蛋都舍不得吃。每隔一段时间，公社供销社就来人收购鸡蛋，鸡蛋卖了钱，要买油盐酱醋。对于生产队的社员同志们来说，鸡蛋可以不吃，但油盐酱醋你可不能不吃。

妇女队长福海妈，提着一篮子鸡蛋去找队长。天上掉下来一个女人，福海要让这个女人当媳妇，这事必须经过队长吕长苟点头。吕长苟不点头，这个女人就进不了她家门。

在生产队里，福海妈想打谁就打谁，想骂谁就骂谁，她无法无天，天不怕地不怕，唯独害怕队长吕长苟。

官大一级压死人。队长比妇女队长官大一级，队长就能压在妇女队长的身上。

可是，队长吕长苟不在家。

吕长苟和贫协主任王定娃，正在小学校里给孩子们做忆苦思甜报告会。

学校操场里，是黑压压的小脑袋，学生娃都端坐在自家的小板凳上，望着升旗台上的王定娃。王定娃把烟锅头伸进烟袋里，一直在挖，一直在挖，烟锅头却一直没有取出来。

升旗台边有一棵巨大的杏树，杏树的浓荫遮没了半个操场。穿过树荫的阳光，斑斑点点地洒在每个人的脸上，让每个人的脸都变得光怪陆离。

校长对王定娃说："过去地主是怎么剥削你的，你大胆讲出来。"

王定娃定定神，似乎鼓足了很大的勇气，说道："我给地主家扛长工，地里的啥活路都干，夜晚住在地主家的后院，半夜还得起来喂牲口。"

校长在一旁说："在万恶的旧社会，劳动人们干的是牛马活，吃的是猪狗食……"

王定娃说："不，吃得好着哩，顿顿都是白蒸馍油辣子，经常有肉吃，比现在吃的好多了。"

校长惊讶得睁大了眼睛，他说："怎么可能呢？地主只会让贫下中农吃糠咽菜。"

王定娃说："天天给他干活哩，他不让吃好，哪里有力气给他干活。地主和长工一起干活，和长工一起吃饭，比长工还舍得出力……"

校长一听，坏了，赶紧把王定娃赶下去，他对学生说："贫协主任对剥削阶级的地主充满了仇恨，他这是气糊涂了。"

学生们睁着一双懵懂的眼睛，老师们听得全都笑了。

队长吕长苟走到了升旗台上，他红光满面，看起来比腰身佝偻的贫协主席气派多了。

吕长苟挽起左脚的裤腿，让大家看他的腿肚子，他的腿肚子上有一块伤疤，伤疤很丑陋，像一条虫子。

吕长苟说："这是朝鲜战场上的美国鬼子留给我的，我对美国鬼子充满了深仇大恨。"

校长立即不失时机地高呼口号："打倒美帝国主义！"学生们也跟着高呼："打倒美帝国主义！"校长又振臂高呼："解放全人类！"学生们跟着振臂高呼："解放全人类！"

吕长苟接着讲起他讲了无数遍的故事："那一天，我们守在山头上，美国鬼子向山头进攻，子弹在我的耳边呼呼地飞，身边的战友都倒下了……"每次吕长苟讲到这里，都会停下来，挤出两滴眼泪，人群里总会出现哭声。今天的哭声特别多，特别大，因为今天的听众是学生们。

吕长苟接着说："美国鬼子快要攻上来了，阵地上只剩下了我一个人，我抱起机关枪，跳出战壕，对着美国鬼子扫射，鬼子在我的面前倒下一排排，就像割倒的麦子一样……"校长带头鼓掌，学生们跟着鼓掌，如雷的掌声在校园回荡，经久不息。

吕长苟等到掌声停止了，这才接着说："看到美国鬼子死了那么多，我非常高兴，突然，一颗子弹飞过来，钻进了我的腿肚子里，我仰面朝天倒在战壕里。这时候，我听见了冲锋号的声音，增援部队赶来了，我幸福地闭上了眼睛。等到我再醒来的时候，腿肚子上就留下了这块伤疤。"

校长高呼："向英雄致敬。"

学生们全都站起来了，他们把手臂放在头顶，向吕长苟敬礼。吕长苟把手掌放在头边，敬了一个标准的军礼。

全生产队的人，除了王进坤，没有人会怀疑吕长苟故事的真实性，他们对英雄人物的崇拜是根深蒂固的，吕长苟是英雄人物，所以他们就崇拜吕长苟。

王进坤却在想：几十杆枪对着你一杆枪，早就把你打成了马蜂窝。

忆苦思甜大会结束后，吕长苟回到家中。

福海妈把一篮子鸡蛋递给吕长苟，吕长苟接住了，边往自己灶房走，边说道："你这是干什么？都是自己人，拿走拿走。"他边说拿走，边把鸡蛋放在自己家的案板上。

福海妈说："我福海在沟窟窿里救了一个女人，让这个女人给我福海当媳妇。"

吕长苟说："我每天要管理全村大大小小多少事情，这类小事，我没听说，也不知道，你就别来烦我了。"

福海妈说："谢谢队长。"他向着吕长苟深深鞠了一躬，退了出去。

她等的就是这句话。

福海把女人带回家中，福海家的院子里站满了人，生产队的人都跑来看稀奇，他们一看到那个女人很白很漂亮，就发出一连串啧啧的声音，不知道是赞叹，还是惋惜。

　　福海妈两只手臂一齐抬起来，做出轰赶鸡群的手势，他喊道："都出去，都出去，赶来干啥子呀。"

　　女人听到福海妈的叫声，脸上露出了惊喜："姨，您也是四川人？"

　　福海妈说："我当然四川人，你四川哪里？"

　　女人说："我家在四川广元。"

　　福海妈问："你叫什么名字？"

　　女人说："我叫明珠。"

　　福海妈问："我说明珠姑娘，你咋个跑到我们这儿来了？"

　　女人说："我们老家没吃的了，生产队里很多人家里揭不开锅，我和我老公一起出来讨饭，我老公把我扶上火车车厢，他还没有上来，火车就开了。他在后面追呀追呀，都没有追上。我想跳下去，可是火车开得很快，我坐了一晚上火车，天亮后，火车停了，火车站的好心人让我吃了一顿饭。听他们说，车厢里装的都是电石，电石卸了后，才会开回去。我就住在车站，吃在车站，给他们做饭洗衣服，可是，都等了好几天了，电石还没卸完，我就出来玩，没想到掉在了暗窟窿里……"

　　福海妈听到这里，就说："我说闺女啊，你就别回去了，我们这里有吃的，你就住在我们这里吧。"

明珠说："我要回去，我老公肯定满世界找我。"

福海妈说："这里距离四川几百上千里，我来了几十年都没有回去过，你也别回去了。"

明珠说："不，电石卸完了，我要坐着火车回四川。"

福海妈看着坐在小板凳上的福海，福海哭丧着脸，好像被谁抽打了好几个耳光。福海妈说："先吃饭先吃饭，你肯定饿了。"

福海妈做了一锅玉米糊糊，给明珠盛了一碗。明珠在暗窟窿里饿了一天一夜，端起饭碗，边吹着热气，边吸溜着玉米糊糊。她很快就喝完了，站起身来，想出去活动活动，却发现房门在外面锁上了。

明珠坐在地上，突然感到恐惧像阳光一样扑面而来。

明珠坐了一会儿，想从窗户逃出去，她打开窗扇，看到窗户外面是木格，木格上糊着窗户纸。她捅破窗户纸，看到窗户外站着一个矮小的男子，那男人的嘴唇上和下巴都留着乱七八糟的黄胡子，一双小眼睛像鸡屁股一样眨个不停。那是福海。

明珠喊道："放我出去。"

福海不安地踱了几步，像被踹了一脚的狗。

明珠又大声喊道："放我出去。"

福海妈过来了，她突然变得面目狰狞："你喊什么喊？你喊破天也没人理你。到了我这里，你还想出去。"

明珠眼泪流了下来，她可怜巴巴地说："阿姨，放我出去吧，我老公还在找我。"

福海妈板着脸说："你老公就在这里。"她用手指了指福海。

队长吕长苟一瘸一拐地走进来了，他披着夹袄，披在肩膀上的夹袄随着他的走动一甩一甩，让他看起来像一只耷拉着翅膀的母鸡。

福海妈打开了房门，和队长吕长苟一起走进来。他们一进来，福海又从外面锁上了房门。

明珠看到房间来人了，又喊道："放我出去。"

队长吕长苟问道："你是谁？你是什么人？"

明珠把对福海妈说过的话，又对吕长苟说了一遍。

吕长苟说："最近，我们这里来了一个台湾女特务，想要破坏农业生产，你是不是哪个台湾女特务？"

明珠说："大叔，我是好人，我不是特务。"

吕长苟一脸正经地说："你是不是台湾特务，谁也说不准。台湾特务的脸上又没有刻字，所以要先把你关起来，接受我们生产队干部的审核。"

明珠说："把你们生产队干部叫过来吧。"

吕长苟站直身子，用俯视的眼光看着明珠，说道："我就是生产队队长。"然后他指着福海妈说："她是生产队妇女队长，我们就代表生产队。"

明珠流下眼泪，她说："队长叔，我不是特务。"

吕长苟严肃地说："千万不要忘记阶级斗争。阶级敌人，你不打他，他就不会倒。在没有审讯结果前，你不能离开这间房屋。"

明珠说："他们要让我当儿媳妇。"

吕长苟说："如果你不是台湾特务，那你就当儿媳妇吧，人家救了你，你总得有所表示，知恩图报是中华民族的传统美德。"

吕长苟说完后，就和福海妈走出去了。

夜晚来临了，村道上响起了母亲们呼唤孩子回家睡觉的声音，空气中飘荡着柴禾燃烧的气息，天空中升起了星星，一颗一颗渐渐变得稠密。

福海家的院墙外，已经聚集了七八个人，准备听房。他们一个个脸涨得通红，脸上跳跃着喜悦的神情。听房是有讲究的，结了婚的不能听房，未成年的不能听房，娶不上媳妇的老光棍也不能听房。只有身体发育成熟的，刚刚到了娶媳妇年龄的小伙子，才有资格听房。

听房，是生产队未婚青年的性启蒙课。

下午的时候，福海就得意洋洋地向生产队所有人宣布，他有媳妇了。所有人都知道，今天晚上福海家会有故事上演。那么好的一个女人，又白又高，可惜一口好羊肉落在了狗嘴里。

有人爬上了树，然后沿着横枝，走到了墙头上。他看到星光下，福海家的院子里空无一人，只有一间房屋亮着灯光，就对着墙外的人招招手，然后自己跳进了院墙。

站在墙外的人，看到了手势，就一个个也爬上树干，沿着横枝走到墙头上，跳进了福海家的院子里。

他们悄悄地在墙根下聚齐，然后一个跟着一个，无声地来到了那扇亮着灯光的窗口下。他们听到房间里传来了福海的说话声。

福海说："要不是我，你现在都饿死在黑窟窿里了，我救了你，你就必须给我当媳妇。"

那个名叫明珠的女人说："不，我不是你媳妇。"

福海妈说："来到我家了，就由不得你了，进了我的门，你就得给我娃当媳妇。"

明珠说："阿姨……"

福海妈说："我不是你阿姨，我是你婆婆。"

房间里传来了厮打声，听房的人站起来，想透过窗缝，看看里面发生了什么，突然灯光熄灭了，房间里传来了福海妈的声音："广帝，你把她那个胳膊拉住，往外扯……"广帝是福海爹的名字。

房间里传来了女孩的哭喊声。

福海妈问："裤带还没解开？"

福海说："她打的是死结。"

福海妈骂道："笨得跟你爹一样，你就不会把裤带咬断？"

接着，传来拳头落在肉体上的迟钝的声音，明珠发出了更大声音的叫喊。福海骂道："甭动弹，甭动弹，再动弹我还打。"

然后，女孩只剩下了压抑的哭声。接着，又听见福海怪模怪样地喊了一声。

福海妈问："弄毕了没有？"

福海说："弄不成。"

福海妈说：“弄不能就用手伸进去，抠。”

房间里传来了明珠的惨叫声。

福海妈说：“现在我娃把你弄毕了，你已经是我娃的媳妇了。广帝，放开。”

明珠的声音变得抽抽噎噎。

窗户外的人听见福海弄毕了，又悄悄地回到了墙根下，翻墙出去了。他们走在村外的田野上，都不说话。这次听房和以前的很多次都不一样，以前听完后，大家都模仿着新郎新娘的声音，总是能引起很大的笑声，而新郎新娘的窘态，也会在很长时间里成为人们谈论的话题。而今晚，大家都感觉心里堵得慌，总感觉好像什么地方不得劲。

第十三章　神婆子

这天晚上，雷梨花躺在床上，望着月亮，想睡却睡不着。

月光像水一样洒在房间里，让房间浮上了一层清凉。可是，雷梨花却感到浑身燥热，身体里似乎有很多只虫子在爬，在噬，在咬，她像一只飘荡在汪洋大海中的小船，身不由己，无能为力，风吹向哪里，她只能漂向哪里。

她在想男人。

她想象中的那个男人面目模糊，不知道他长什么样子。他长得既不像李向前，也不像姬明哲。他赤裸着，裆下的那个东西雄赳赳地挺起来。

雷梨花想到这里，突然感到自己充满了罪恶感，自己突然变成了坏女人，只有坏女人才会想男人的那个东西。

然而，她竭力克制自己不去想，而那个东西总是不屈不挠地出现在她的想象力，像洪水一样，无论她如何努力筑起克制的堤坝，而那个东西总是轻易冲毁了堤坝，一泻千里。

　　不能这样，坚决不能这样，她摸着自己，摸到了一手濡湿，也摸到了满身罪恶。

　　雷梨花不知道这是性，不知道性只要有了第一次，就会有第二次，不知道性真的如同洪水猛兽一样绵绵不绝，无可阻挡。她只知道自己马上就要变成一个坏女人。这可怎么办？

　　她在月光中爬起身，关上了窗户，房间里陷入了一片黑暗，她摸到了电灯绳，拉亮了，房间变得一片昏黄。她娘为了省电，只给她的房间里安装了十五瓦的电灯泡。

　　她摸到了一盒火柴，满满的一盒火柴，一挥手，火柴就像水珠一样飞溅而去，有的落在了床下，有的落在了墙角，有的落在地上的青砖缝隙里……

　　她爬在地上，撅起屁股，开始一根一根地捡拾火柴，整齐地放在火柴盒里。

　　她在捡拾火柴中获得了成就感，也获得了满足感，男人的那个东西，从她的眼前消失了。

　　这天晚上，雷梨花她娘也没有睡觉，她在发愁雷梨花的病。

儿子雷德禄早就睡着了，鼾声如雷。无论什么时候，只要雷德禄的脖子挨上枕头，立刻就睡着了。这么大的小伙子了，连个媳妇都没有，他一点也不愁。可是，他娘很愁啊。

以前，妹妹雷梨花没有疯的时候，媒婆黄水娘还曾上门给哥哥雷德禄提亲。而自从雷梨花疯了后，媒婆黄水娘再不上门了，雷德禄尽管担任民兵排长，属于生产队的领导阶级，但是，家里有一个疯子妹妹，动不动就神经病发作，谁敢嫁进门来？

两个孩子的婚事都没有着落，娘怎么能睡得着？

雷梨花的房间里传来了动静，她娘就悄悄爬起来，隔着窗缝向里张望。她看到女儿赤身裸体，灯光照得她全身雪白。女儿把火柴撒开又捡起，捡起又撒开。

她娘在窗外默默地流下了眼泪：女儿病得不轻，天亮得赶紧去找神婆子看一看。

神婆子在周围几个公社里，都有名气。

神婆子确实神。

在雷梨花外婆家的那个生产队里，神婆子活成了人精。

神婆子不下地干活，不巴结生产队干部，不讨好任何人，但谁也不敢得罪神婆子，任何人在神婆子面前，连大气都不敢喘。

因为任何人都相信，神婆子是天上的神仙，不是地上的凡人。神婆子说她是观音菩萨门下的女管家，她就一定是观音菩萨门前的女管家。

村子里曾经有一个不知道天高地厚的小伙子，冲撞了神婆子，说神婆子大搞封建迷信，招摇撞骗，神婆子没有理他，而是跪在地上，仰头朝着天空祷告："大慈大悲的观音菩萨，饶过这个年轻人吧，别让他有血光之灾。"

小伙子笑着说："就让观音菩萨给我血光之灾吧，我才不怕封建迷信。"

第三天，小伙子正在吃饭，突然口吐白沫，倒在地上。

全村人都知道这是观音菩萨降罪给他，小伙子的父母赶紧请神婆子想办法。神婆子画了一道符，烧成灰，把灰烬泡在井水里，让小伙子喝下去。半个时辰后，小伙子又活蹦乱跳了。

此后，没有人再敢在神婆子面前口放厥词，甚至连任何不恭的举动，甚至想法，都不敢有。

全公社知名度最高的人是电影放映员蔡明亮，而周围几个公社知名最高的人却是神婆子。在县城南部这几个公社，没有人不知道神婆子。

神婆子专治各种疑难杂症。

雷梨花的娘就带着雷梨花来找神婆子。

神婆子坐在香案前，香案后供奉着观音菩萨的肖像。香案上燃烧着香烛，青烟缭绕。缭绕的青烟早就把观音菩萨那幅肖像画熏得古色古香。神婆子盘腿坐着，低垂着头，长发遮面，整个房间的气氛显得异常诡异。

神婆子抬起头来，一张涂过粉的脸异常惨白，很像传说中的鬼魅。雷梨花看到她，心中一惊，不敢与她的目光对接，赶紧低下头去。

雷梨花她娘对神婆子说："我娃叫雷梨花，以前村子里来了个知青，把我娃肚子弄大了，知青回了城，我娃就成这样子了，一天到晚疯疯癫癫……"雷梨花她娘边说，边把三张"大团结"塞到神婆子的坐垫下。大团结，是那时候最大面值的钱。

神婆子看了一会雷梨花，雷梨花感觉她的眼光就像刀子一样，将她的皮肤一层层剥下来，她感到无力反抗，又无地自容。

神婆子对雷梨花她娘挥挥手，让她出去，神婆子说："我要给她单独治病。"

雷梨花她娘恭恭敬敬地倒退着走出房间，无声地带上了房门。

神婆子站起身来，宽大的袍子包裹着她异常消瘦的身体，袍子的下摆盖过了脚面。她围着雷梨花转了一圈，嘴里哼哼唧唧，像一只嗡嗡飞舞的蚊子。

她问："你和知青睡了多少次？"

雷梨花表情木然，眼睛盯着墙角，眼珠连转动也没有。

她又问："城市男人的鸡巴，是弯的还是直的？"

雷梨花依然低着头，装着没有听见她的话。她奇怪，神婆子居然能说出这么流氓的话。

神婆子转到了雷梨花的身后，停住了脚步，她突然大喊一声："雷梨花。"

雷梨花惊慌失措地回过头来，看着她，她下意识地问："怎么了？"

神婆子发出一声冷笑，说道："你一进门，我就知道你是假装的，你没有疯，你很正常。"

雷梨花满脸都是尴尬的神情，她问："你怎么知道？"

神婆子说："不就是一个烂男人嘛，这世上三条腿的蛤蟆找不到，两条腿的男人遍地都是，没有哪个女人会为了一个烂男人疯掉，什么事情能够瞒过我的眼睛？我是谁？我是观音菩萨的管家。"

雷梨花听到这里，哇地一声哭了出来。她觉得自己好像哭了很久，这些天的委屈和痛苦，全部随着眼泪流出来了。

神婆子问："你为什么要装疯？"

雷梨花说："我怀上了知青的娃，知青回城了，所有人都在笑话我，所有人都在我背后吐唾沫，所有人都骂我是破鞋，我该怎么办？我只能装疯，我装疯了，他们才会同情我，才会怜悯我。如果我没有疯，他们会一直在背后骂我嘲笑我……"

神婆子问："就这么大点事？还有吗？"

雷梨花觉得很奇怪，这事情大得不能再大了，而神婆子居然说"就这么大点事"。

神婆子说："这世界上，只有生死才是大事，其余的事都是小事，都不值得折磨自己。"

雷梨花问："我以后怎么办？"

神婆子说："别再装疯了，以后该怎么办就怎么办。"

　　雷梨花说："我实在不想回到生产队，全生产队的人都知道我的过去。"

　　神婆子说："那你就嫁到别的生产队。"

　　雷梨花说："无论嫁到哪里的生产队，他们都会打听到我的过去。在农村，这是一件大得不能再大的事情。我们生产队的王黑炭他妈，年轻的时候有个相好的，几十年过去了，还有人在背后指指点点。"

　　神婆子说："那你就嫁到城市去。"

　　雷梨花说："我一个农村人，怎么才能嫁到城市？城市人月月供应商品粮，月月都有工资花，人家怎么会看上我？"

　　神婆子问："如果有这么一个机会，你愿意吗？"

　　雷梨花说："我愿意。"

　　神婆子说："如果这个城市人是残废，是瞎子，是瘸子，你愿意吗？"

　　雷梨花想了想，咬咬牙说："只要能离开生产队，嫁给城市人，我都愿意。"

　　神婆子说："我给你帮忙找个城市人，你也得帮我的忙。"

　　雷梨花问："怎么帮忙？"

　　神婆子说："你走出去后，就不要再装疯卖傻，就必须变回正常人，别人问起，你就说在我这里吃了符就好了。"

　　雷梨花点点头。

第十四章　有特务

　　乡村学校上学很早。天还没亮，孩子们就要出门上学，夏天的时候，先上早操，后上早读；冬天的时候，先上早读，后上早操。冬天天亮得比较晚。

　　这天早晨，两个孩子早早来到校门口，而校门还没有打开。生产队里都没有闹钟，所有人都是看着太阳光猜时间，太阳光照到西墙角，该做早饭了。太阳光照到东墙角，该做午饭了。太阳光照到了门口的树梢，孩子该放学了。如果遇到阴天，没有太阳光，就只能依靠自己的生物钟。如果你告诉生产队的人，现在是中午十二点，他们一脸茫然，不知道什么叫中午十二点；如果你告诉他们现在是端上午，他们就明白了。他们把太阳照着头顶，叫做端上午。

　　两个孩子来到学校太早了，没法打发时间，他们就玩起了拍手的游戏。拍手需要念口诀，两个孩子边拍手边念："你拍一，我拍一，林彪坐着三叉戟……"他们念到"你拍九，我拍九"的时候，忘记了后面说什么。

　　一个孩子随口说："你拍九，我拍九，咱俩跟着林彪走。"另一个孩子说："好听，好听。"

他们边念边玩，玩得意兴盎然。更多的孩子来到校门口，也加入了拍手的游戏。

后来，老师拿着钥匙来到校门口，打开校门，孩子们一哄而入。

早操、早读，风平浪静。第一节课结束，有课间休息十分钟。几个孩子又开始玩起了拍手的游戏，边拍手边念口诀："你拍一，我拍一，林彪坐着三叉戟……你拍九，我拍九，咱俩跟着林彪走。"

校长刚好上完茅坑，躲着地上屎壳郎拱出的土堆，走到了这几个孩子身边，他把孩子们口中的每一个字都听进去了。他大惊失色，用颤抖的手指指着那几个孩子："你们，快到我房子走。"

上课铃声响了，学生们像鸟雀归巢一样跑进教室，那几个拍手的孩子心惊胆颤地走进了校长的房间。

校长如临大敌，把全校没有上课的老师，全部喊进了自己房间。他神色凝重地说："现在发现了阶级斗争新动向，这些娃娃在喊反动口号。"

一个教师问："他们喊什么？"

校长说："他们喊'你拍九，我拍九，咱俩跟着林彪走。'"

教师们全都大惊失色，这可不得了，上面要是追查起来，他们谁也逃不了。

一个教师说：“学生娃这么小，他们肯定想不到这样的反动口号。”

校长说：“对嘛，我也这样想，一定是反动分子教的。”

教师们开始审问那几个学生，“你听谁喊的这句反动口号”，查来查去，最后查出了那两个最早到学校的孩子。

那两个正在上课的孩子，被叫到了校长办公室，他们看着校长和教师们如临大敌一般的神态，全都吓哭了。

校长问：“是谁给你们教的反动口号？”

一个孩子想了想，抽抽嗒嗒地说：“早晨我们来到校门口，一个戴着黑帽子的人，教我们说的。”

校长逼问道：“他长什么样子？”

孩子说：“天黑，没有看清楚。”

校长又问道：“他是不是生产队的人？”

孩子说：“不是生产队的人，生产队的人我们都认识。”

校长斩钉截铁地说："这一定是台湾特务，台湾特务来到我们生产队附近了。"

台湾特务来到生产队附近的消息，很快就像臭屁一样传开了，闻到臭屁的每个人，都心惊胆颤，惶恐不安。

队长吕长苟把民兵连长雷德禄叫到了队部，郑重其事地告诉他："台湾特务来到我们生产队，摆明了是想破坏农业生产，现在正是种苞谷的紧要关口，台湾特务想让我们吃不饱穿不暖，受二茬苦，吃二茬罪，回到万恶的旧社会，你身为民兵排长，你的任务就是保护农业生产，不能让台湾特务的阴谋得逞。"

雷德禄满脸肃穆地说："队长，你就下命令吧。"

吕长苟说："现在交给你一项光荣而艰巨的任务，前几天，公社革委会发给我们生产队一杆钢枪，这是对我们生产队极大的信任，我命令你，背着这杆钢枪，将台湾特务捉拿归案。"

雷德禄啪地立正了，手掌放在头边，朗声说道："保证完成任务。"

吕长苟打开了墙边的柜子，从里面拿出了一杆步枪，木头枪托已经被磨得非常陈旧了，显然年代已久。

吕长苟说："这杆钢枪，跟着咱八路军赶跑了日本鬼子，跟着咱解放军埋葬了蒋家王朝，现在，我把这把钢枪交给你，希望你能够抓住台湾特务。来，接枪。"

雷德禄跨上两步，双手接过钢枪，脸上庄重得都能刮出一层铁锈。

吕长苟说："好，去执行任务吧。"

雷德禄却站着没有动。

吕长苟以为他没有听清楚，又说了一遍："去执行任务吧。"

雷德禄犹豫了一下，说道："我没有打过枪。"

吕长苟说："不会打枪不要紧，手里有钢枪，台湾特务就会害怕。老实给你说吧，公社只给了枪，没有给子弹。但是，我听说有一个红小兵手持一杆红缨枪，抓住了两名台湾特务，你手持钢枪，抓一名台湾特务更不在话下。钢枪就是我们的祖国，你手持钢枪，就把祖国的重任担在肩头。"

雷德禄又啪地立正了，又敬了一个没有军帽的军礼。

雷德禄背着陈旧的钢枪，像一只骄傲的公鸡，摇头摆尾地走在村道上，后面跟了一群还不到上学年龄的光屁股孩子，他们也学着雷德禄摇摇摆摆地走路。雷德禄想象着这群孩子就是自己手下的兵，他一张黝黑的脸上挂满了得意洋洋。

雷德禄走过井台，看到井台边的老榆树下坐着王有财，王有财像个入定的老僧。阳光透过树枝，洒在王有财的秃头上，将他一颗秃头洒得色彩斑斓。平日里雷德禄看到王有财，懒得和他打招呼，但今天不同了，他今天背着钢枪，肩上担着祖国的重担，他兴致勃勃地看着王有财，说道："有财伯。坐着哩。"

王有财脸上依然没有任何表情，问道："你干啥？"

雷德禄骄傲地说："我抓台湾特务。"

雷德禄背着钢枪，穿过村庄，他很遗憾地看到，村庄里除了王有财和那些光屁股孩子，再没有别人。雷德禄很惋惜地想：如果全村人都看到我背着钢枪的样子，该有多好啊，那估计村庄的人，会把我说上好多年，他们谁见过枪啊。

穿过村庄，雷德禄去往山沟。台湾特务来到我们生产队，就陷入了人民战争的汪洋大海中，他只会躲在山沟里，我要把他逮出来，像逮一颗虱子一样把他逮出来。

　　校长在小学校里审问那两个孩子的时候，王黑炭和他娘正陷入了极大的悲痛中。早晨起来，他家的猪死了。

　　连续几天，猪不吃不喝，无精打采地躺在墙角，像一件谁丢弃的破破烂烂的黑棉袄。生产队没有兽医，不论是人生病了，还是畜生生病了，都会找赤脚医生白顺才。白顺才看着王黑炭家垂头丧气的猪，也不知道它得了什么病，只能把人吃的退烧药灌给它。可是，猪吃了，依然死烟灭火地躺着，连动一动的力气好像都没有。

　　到今天早晨，猪终于死了，尸体都僵硬了。

　　王黑炭他娘抹着眼泪说："本来喂到冬天，卖到生猪收购站了，就是几十块钱啊，现在，只能丢到炭渣坡了。"

　　王黑炭也流泪了，几十块钱，这可是一大笔收入啊。生产队里家家户户都喂猪，喂养一年，小猪长成大猪，送到公社生猪收购站，就可以换回几十元钱。这几十元钱，可以买回一大堆东西，可以开开心心地过一个好年了。可是，现在，猪死了，今年可拿啥过年啊。

　　王黑炭家每年卖一头猪到生猪收购站。

每次卖猪前，王黑炭他娘都会熬一锅包谷面糊糊，让猪吃得滚圆。然后把猪四蹄捆绑，抬上架子车，王黑炭驾着车辕，他的叔伯兄弟在后面推着，一路飞跑着去往生猪收购站。在通往公社的那条尘土飞扬的道路上，他们总是能够见到一同缴猪的人，人人都是一路飞奔。每一头猪都吃得不能再饱了，每一头猪都吃得肚子滚圆，他们一定要赶在过磅后，再让猪拉屎拉尿。如果在过磅前，猪拉了屎尿，这屎尿就是自家的，损失大了；如果在过磅后，猪拉了屎尿，这屎尿就是国家的，屎尿也都卖了猪肉钱。

生猪过磅员是全公社最牛气十足的那个人。他走路的时候总是鼻孔朝天，俯视着面前的所有人，所有人在他的面前都低人一等。他可以让称量猪的磅秤高一点低一点，你就多了或者少了几元钱。生猪过磅员的耳朵上总是别着香烟，两个耳朵都别着。每一个想要缴猪的人都低声下气地求着他，点头哈腰地双手捧着香烟送到他的面前。他看到你是好烟，大前门或者金丝猴，才会接过你手中的香烟；你要是给他羊群烟或者劳动烟，他连看都不看，一伸手把你的香烟打落在地，然后过磅的时候，稍微一动手脚，你的猪就少卖了几元钱。

王黑炭见了生人连话都不会说，更不会给人送烟。王黑炭一看到那些手握实权的人，就双腿打颤，感觉自己就是一块任人揉搓的泥巴。所以，他每年都会在缴猪的时候，吃一次暗亏。

王黑炭他娘催促说："把死猪丢到炭渣坡吧。"

王黑炭把死猪搬上架子车，然后拉到了村外的炭渣坡。村外的炭渣坡是一面斜坡，专门用来倾倒炭渣的。炭渣，就是做饭后煤炭凝结而成的圆形渣饼。炭渣没有任何用处，所以，生产队里家家户户的人，每顿做饭前，用炭锨从炉膛里起出炭渣，放在炉膛前，等到积攒到一堆炭渣了，就用粪笼提着，倒在炭渣坡。

以前人们不知道炭渣有什么用，所以经年累月的炭渣就积攒了几十米厚，后来，有人发现炭渣压碎后，可以铺路。于是，炭渣这才派上了用场，公社的拖拉机把每个生产队的炭渣拉走了，铺在全公社的道路上，胶轮车、架子车、自行车的车轮碾压在炭渣上，发出清脆而细碎的声响，听起来就让人感觉爽心悦目。即使下雨天，穿着布鞋的脚走在炭渣路上，也会轻快很多。

炭渣坡，除了倾倒炭渣，生产队的人还把所有用不上的东西，都会倾倒在炭渣坡，打碎的盆盆罐罐，沤烂的绳头子，得了瘟病的死猪死猫……生产队有句俗话：烂套子还能塞窟窿。意思是说，再烂的东西，几乎都有用处。烂套子，指的是破烂的黑色棉絮，它可以用来赛墙缝。生产队里家家户户都是土墙，没有砖墙，砖墙的成本太高了。土墙总有老鼠打穿的洞，还有风吹雨淋后形成的洞，烂套子可以把这些洞塞住，不让邻居看到自己家。

王黑炭他娘让王黑炭把死猪倾倒在炭渣坡。王黑炭拉着架子车，站在炭渣坡头，看着满坡的炭渣，他犹豫了。村庄里家家户户的狗都不会拴起来，都在村里村外漫山遍野地奔跑，如果这头猪真的得了猪瘟，被村庄里的狗吃了，那么瘟疫就会迅速传遍全村，后果不堪设想。

炭渣坡的半坡长了一棵榆树，谁也没有想到这棵榆树的生命力会这样顽强，顺坡滚下的炭渣，被榆树树身挡住，垒起了高高的一层。王黑炭记得小时候自己爬上这棵榆树抓知了，他站在一根斜伸出来的树枝上，看到知了就在头顶上，似乎触手可及，却相差了一点点。他抓住头顶的树枝，跳起来，把知了一把抓在手心，然而落下来的时候，双脚却踩空了，掉在了厚厚的炭渣堆上。炭渣的边缘很锋利，像无数小刀片，将他扎得遍体鳞伤。他哭了几声，然后就疼昏过去了。后来，是村庄的狗发现了他，狗一齐发出吠声，惊动了远处干活的社员们。社员们不知道发生了什么事情，纷纷嚷嚷地跑到了炭渣坡，这才发现已经奄奄一息的王黑炭。

是生产队的狗把自己救了，绝不能把死猪倾倒在炭渣坡。

王黑炭拉着架子车，走过炭渣坡顶，走向远处的山沟里。

雷德禄走在山沟里，突然感到脚底发飘，心里发虚。他走在村庄里趾高气扬，那是让别人看的。而现在没有人看着他了，他突然感到惶恐不安。

台湾特务是那么容易抓的？你看电影上的台湾特务，一个个都身手了得，穷凶极恶，眼睛里藏着照相机，裤带上别着手枪，肚子里藏着情报，公安费尽九牛二虎之力，才能抓到一个台湾特务，而现在自己背着一杆空枪，又怎么能抓住台湾特务，要是台湾特务对着自己开一枪，那自己就再也见不到老娘了，也见不到妹妹了。

雷德禄在山沟里徘徊了很久，最后终于拿定了主意，一见到台湾特务，自己就藏起来。不是有人说了嘛，保护自己，消灭敌人。首先要保护自己，只有自己安全了，才能消灭敌人。

雷德禄来到了一座山顶上，突然看到山谷里升起了烟雾。他紧张得一哆嗦，赶紧把背上的枪拿在手中，爬在草丛中，向山谷中张望。山谷里有一片小树林，烟雾是从小树林里升起的，雷德禄想：这一定是台湾特务在生火做饭。

雷德禄借助着山崖的掩护，双手紧握着枪，跑进了小树林里，他的头脑中一遍遍出现了黑白电影中的战争场面，他想着只要自己高喊一声："不许动，举起手来"，台湾特务就会惊慌失措，束手就擒。然后，他用台湾特务的鞋带，从身后绑住他的两个大拇指，将他押解回生产队。生产队的所有社员们，站在村口夹道欢迎，就连公社革委会主任也来了，他夹在人群中，向着他伸出热情的大手。

跑进树林后，雷德禄蹑手蹑脚，他担心惊动了台湾特务，会一枪把自己撂倒。枯黄的落叶在脚下发出沙沙的细响，但在雷德禄听来却如同晴天霹雳。他紧张得满头都是汗珠。

终于，他看清楚了台湾特务，台湾特务蹲在地上，他正架火焚烧着什么东西。火焰噼啪燃烧着，风中送来了什么东西烧糊的气味。

雷德禄紧张得浑身哆嗦，嘴唇发干，感觉手脚都不是自己的了，黑白电影中经常出现的"不许动，举起手来"，他一个字也喊不出来，到了现在，他骑虎难下，前进不敢，后退不得，他担心逃跑的脚步声惊动了台湾特务。

台湾特务却没有发现雷德禄，他拿着一根着火的木柴，转过身来。这一转身，雷德禄长出了一口气，这哪里是台湾特务啊，这是生产队最老实巴交的，谁都可以欺负的王黑炭。

雷德禄又恢复了往日不可一世的神情，他手握钢枪，威风凛凛地走出来，喊道："不许动，举起手来。"

王黑炭下意识地举起双手，他黝黑枯瘦的双臂像两根烧焦的树枝。雷德禄骂道："日你妈的王黑炭，你在这里干什么？"

王黑炭看着枪刺上跳跃的灼灼逼人的阳光，他说："我，我，我……"他紧张得说不出话来。

雷德禄走上前来，看到火堆上架着几根骨头，好像突然明白了，他把枪刺抵在王黑炭的肚子上，大声喊道：“好你个王黑炭，你敢杀人灭迹，怪不得放羊老汉的尸体找不到，原来被你烧了。”

王黑炭吓得面无人色，他说：“我，我，我……”他吓得只会说“我”，后面的话像水管一样被堵塞了。

雷德禄抡起步枪，一枪托砸在王黑炭的肩膀上，王黑炭嗷地叫了一声，倒了下去，雷德禄骂道：“狗日的，让你娘再和我娘骂仗！”

第十五章　捉奸捉双

　　雷德禄手中拿着上了刺刀的半自动步枪，一路押着王黑炭走进生产队。王黑炭光着两只脚，手上提着两只已经磨破了鞋跟的布鞋。雷德禄相信光着双脚的王黑炭不敢逃走。连接着生产队和生产队的大路上铺着炭渣，碾碎的炭渣像玻璃碎片一样锋利。而小路上则铺地长着一种叫做蒺藜的植物，干硬的蒺藜，连架子车自行车的轮胎都能扎穿，何况你王黑炭的光脚板。

　　生产队的人都跑到了村外观看，他们看到王黑炭灰头土脸，雷德禄意气洋洋，有的人预感到有大事要发生了，吓得一句话也不敢说。有的人和雷德禄从小玩大，关系好，就问道：“德禄，这是咋回事？”

　　雷德禄说：“这货杀了放羊老汉。”

　　王黑炭抬起汗涔涔的一张乌漆麻黑的脸，说道：“我没杀。”

　　雷德禄在后面踢了王黑炭一脚，踢得王黑炭趔趔趄趄，差点摔倒了。雷德禄说：“还说你没杀？我都看到了，你想焚尸灭迹。”

王黑炭害怕再挨打，不敢吭声。生产队的人都认为，王黑炭不吭声，就是默认了。很多人想：真是知人知面不知心，这王黑炭平时看起来老实巴交，原来都是装的，杀人这么大的事，你都敢干，还有什么事情不敢干的？

王黑炭被押到了生产队队部，吕长苟坐在队部中央一张靠背椅上，那张椅子象征着权威和地位。吕长苟坐在靠背椅子上，一句话也不说，他用老鹰一样的目光望着王黑炭，看得王黑炭心里发虚。

王黑炭双腿颤抖，几乎要坐在地上。

吕长苟喊道："好你个王黑炭，竟敢杀人！"王黑炭一字一顿地说着，每个字都像石块一样，掷地有声。

队部的门外，围聚着很多人，人人都像打鸣的公鸡一样伸长脖子，雷德禄像轰赶鸡群一样，向外轰赶着他们："走开，走开，有啥好看的？"

福海妈从人群后走出来，她的脸上带着乡村干部才有的高傲和冷漠，雷德禄谦卑地弓着身，把身材矮小的福海妈让进了队部。

雷德禄跟在福海妈的屁股后面走进了队部，然后关上了房门。社员同志们受到轰赶，不屑于再看了，只有那些穿得破破烂烂的孩子，扒着窗户，透过门缝，向里面张望。

他们看到吕长苟从口袋里掏出了一张纸，交到了雷德禄的手中，然后雷德禄对着王黑炭念上面的内容。他们努力地想听一听，可是雷德禄的声音模模糊糊，他们听得似懂非懂。然后，福海妈抓住了王黑炭的手指，蘸了一下印泥，强行摁在那张纸上。王黑炭懵懵懂懂，忘记了反抗，也许他压根就不敢反抗。

吕长苟打开了队部门，他的身后站着威风凛凛的雷德禄和福海妈，他们都像刚刚走出战场的将军一样神采飞扬。吕长苟举起手臂，向下一挥，以一种大无畏的英雄气概说："大案告破了。"

王黑炭被五花大绑在生产队队部的柱子上，他低垂着头，不知道是汗水还是泪水，滴答滴答落在砖铺的地面上，砖缝里爬过一只惊慌失措的蚂蚁。

王黑炭他娘去找福海妈，她认为福海妈和她都是女的，女人总是容易沟通的，也是容易打动的。

王黑炭他娘走进福海家的时候，福海妈正坐在窑门前扣着自己的脚丫子，福海妈长着一双烂脚，脚指缝总是发痒，痒得她心急火燎，又无可奈何。被关在房间里的明珠听见外面传来陌生的脚步声，就嘶声叫喊："救救我，救救我——"

王黑炭他娘顾不上别人，她此刻只想着自己的儿子王黑炭，王黑炭太老实了，也太懦弱了，别人说什么，他就听什么，从来不知道反抗。

王黑炭他娘翻来覆去地流着眼泪对福海妈说："我娃是冤枉的，我娃烧的是猪……"可是福海妈不为所动，她板着脸说："你娃都签字了。"

王黑炭他娘没办法，只好走出来。明珠听见脚步声又远离了，继续嘶声裂肺地叫喊："救救我，救救我……"然而，脚步声走出了院门，很快就听不见了。

王黑炭他娘找到了王定娃，王定娃正和王进坤坐在一起他家门口的槐树下。王定娃一看到她，就说："你不用说了，我知道是怎么回事。"

你知道了，可我还是要说，我不说心里难受。王黑炭他娘想。她说道："我家的猪得瘟病死了，我娃把猪拉到深沟里去烧……"

王定娃说："是的，你娃烧的不是人，是猪。有财老汉早就告诉我了。"

王黑炭他娘异常惊讶，有财老汉是全生产队最老的那个人，他拄着拐杖颤颤巍巍，老态龙钟，记忆中他好像连话都不会说，可是，他却时时刻刻关心着生产队的这些事情。

王黑炭他娘看着王定娃说："您是贫协主任，您一定要救救我娃。"

王定娃说："这事我只能尽力。"

王进坤说："你先回去吧，事情的前因后果，我们都知道了，我们正在想办法。这事针对的不是你，针对的是我们生产队的所有王家人。"

这事针对的确实是生产队的所有王家人，不但这件事，以前的很多事都针对的是生产队的王家人。生产队的所有王家人都看出来了，也包括有财老汉。有财老汉也姓王。

有财老汉看起来形容枯槁，和谁都没有来往，和谁都没有联系，他像座雕塑一样坐在村庄的阴影里，面无表情，眼珠子半天也不会转动一下，可是，他的心中亮如明镜，人人都不会在乎他，人人都把他不当一回事，但生产队大大小小的事情，他都装在心中，他是生产队的活字典，是生产队的百科全书。

有财老汉对生产队的所有事情都了如指掌，包括队长吕长苟和记工员郑小琴偷情。

王黑炭拉着死猪走出村口的时候，坐在村口老槐树下的有财老汉看得清清楚楚；王黑炭拉着死猪站在炭渣坡上方犹豫再犹豫的时候，有财老汉还看得清清楚楚；王黑炭拉着死猪走下深沟的时候，有财老汉依然看得清清楚楚……所以，有才老汉知道，王黑炭焚烧的，不是放羊老汉的尸体。

民兵连长雷德禄押着王黑炭走回村庄，所有人都去观看，这时候，有财老汉已经移步到了村外的一处断崖下。每天的这个时候，断崖下就有了一块阴凉地，而且，从山谷中吹来的风畅快地吹过这里，在有财老汉的眼中，这是一块风水宝地。断崖下有几个田鼠洞，有几张蜘蛛网，长了几棵野菊花，几条铺地的蒺藜，断崖的缝隙里有几条蝎子，几只蜈蚣，有财老汉全都知道。

王黑炭被押进队部审讯的时候，王定娃看到了悬崖下的有财老汉。

王定娃问："黑炭真的杀了放羊老汉？"

有财老汉摇摇头。

王定娃说："我就说嘛，黑炭是个老实疙瘩，刀子递到他的手上，他都不敢杀人。"

有财老汉不再说王黑炭的事，他说："吕长苟不是好人，他和世杰婆娘钻在一起。"

世杰婆娘，不就是记工员郑小琴嘛。贫协主任王定娃瞬间就知道了郑小琴这个记工员是怎么当上的。

这天晚上，供销社门口昏黄的电灯光下，依然聚集着生产队的很多男人，他们海阔天空地聊着，他们不在乎聊的事情真实不真实，他们只在乎聊的内容新奇恐怖就行了。鬼故事是这个圈子里最常见的话题。

王进坤依然是人群的中心，他手中捏着一根纸烟，烟雾袅袅，忘记了吸一口。他依然讲的是《阅微草堂笔记》里的故事，他依然能够把一个鬼故事讲得悬念丛生，扣人心弦。所有人都围在他的中间，屏住呼吸，他们睁大恐怖的眼睛，半天也不动一下。

临近午夜了，供销社门口依然人头攒动。

王定娃出现在了人群外，他喊了一声："进坤，有事情，你出来一下。"

王进坤正讲得专注，人群也听得入神，他突然站起身来，叫了一声，指间夹着的烟头掉在地上。原来，纸烟燃到了尽头，烤着了他的手指头。

王进坤走到王定娃的身边，两人低头说着什么，然后，王进坤走进人群中，说："今晚的故事就讲到这里，我有点事。"

人群嘟嘟囔囔，发出意犹未尽的不满声。有人问道："都半夜了，会有啥事啊？"

王进坤平静地说："村子里进贼了。"

人群立即像狂风掠过的水面，激起了冲天喧哗。他们左顾右盼，眼神中充满了震惊、恐惧、焦急……这贼胆子太大了，社员们都还没有睡觉，就敢来村子里偷东西。

王进坤举起双手，向下压着，他说道："大家安静，安静，别让贼跑了。"

喧嚣声立即静息了。

王进坤的眼睛扫过人群，说道："姬明哲、白福海，你们跟着我去逮贼，其余人就留在这里，千万不要把贼惊动了，贼这会正在村子里偷东西。"

王进坤、姬明哲、白福海，他们三人跟在王定娃的后面，走向村庄，路过村口谁家的柴垛时，每个人都挑了一根趁手的木棒，作为护身的武器。

王定娃轻悄悄地把他们带到了郑小琴家院门口，停下了脚步，轻声说道："贼就在这里面。"

姬明哲问："贼咋跑到了记工员家？"

王定娃说："全村谁家有收音机？谁家有钱？除了这户人家，还有谁家？"

白福海说："我和明哲翻墙进去，把贼逮住。"

王定娃说："贼比人精，你们逮不住的，贼偷了东西，总会出来的，你们都藏在树后面，看到贼出来，一句话不说，先狠狠地打，打得他动不了了，就跑不掉了。"

白福海兴高采烈地说："要得。"

郑小琴家院门口，一左一右两棵钻天杨，他们藏在了钻天杨后，焦急又紧张地等候贼走出来。

过了一会儿，贼真的出现了。

郑晓琴家的院门发出了干瘪的吱扭扭的声音，声音在这个沉静的夜晚显得异常嘹亮刺耳。姬明哲和白福海紧张得大气都不敢喘，他们蹲在钻天杨的后面，瞪着核桃一样滚圆的眼睛，盯着院门口。

院门里走出了一个人，他藏在门房下的阴影里，东瞅瞅，西望望，看到村道上空无一人，这才走了出来。

他刚一脚高一脚低地走出来，姬明哲和白福海就提着木棒冲出去，对着黑影一顿乱揍。木棒落在黑影的身上，就像落在捶布石上一样，发出迟钝的声音，黑影倒在地上，发出痛苦的呻唤声。

王定娃和王进坤故意大声叫喊："抓贼娃子啊，抓贼娃子……"

王定娃和王进坤的声音像龙旋风一样在村庄的上空扶摇直上，盘旋不去。那些本来留在供销社门口的社员们，早就来到了村口，等着逮贼娃子，他们听到喊声，立即像涨潮一样扑向了郑小琴家的院门口，对着倒在地上的贼娃子拳打脚踢。

赤脚医生白顺才刚刚从医疗站回来，手里提着手电筒，他也赶过来了。手电筒雪白的光亮照着倒在地上的贼娃子，人们这才发现那是生产队长吕长苟。

王定娃问道："队长啊，夜半三更的，你怎么从郑小琴家出来……误会了，误会了，大家散了，这事不要传出去。"

第十六章　放羊老汉真的没死

　　生产队长吕长苟爬在医疗站白顺才的炕上，高一声低一声地呻唤着，他的身上全是伤痕，那些满手老茧的社员同志们，下手实在太重了。

　　吕长苟对白顺才说："夜深了，世杰妈拉住我的袖子，要和我拉家常，我又走不了，就只能陪着她说话……谁知道呀，就一下子说到了半夜。"

　　白顺才一言不发，把熬制好的黑色药膏涂抹在了脱得精光的吕长苟的身上。他的脸上没有任何表情。

　　吕长苟说："世杰妈把我害惨了，这瞎老婆看不到黑白，不知道时辰……这下把我害苦了。"

　　白顺才依然不说话。

　　吕长苟仰起头问："我说话，你听见了没有？"

　　白顺才说："我的眼里只有伤病，我把伤病治好，就完成了自己的任务。"

　　吕长苟叹了一口气，又爬在了炕上。

　　吕长苟身上涂满药膏，小心穿好衣服，一瘸一拐地走出医疗站。远处的社员一看到吕长苟，就装着没看见，远远地走开了。要在平日，他们看到吕长苟，都会巴巴地迎上来，问："队长哥，吃了没有？""队长哥，干啥去？"吕长苟知道，自己丢人现眼，和郑小琴弄那种事，让人当贼打了一顿，现在全村人都知道他这件事。

知道了又能怎么样？世界上的任何事情，你要把它当回事，它就是回事；你要把它不当回事，它就不是个事。老子和郑小琴的事情，你情我愿，管你们屁事，轮得上你们说话？你们算老几？

想到这里，吕长苟喉咙一声爆响，把一口浓痰狠狠地吐在地上，然后迈着一只脚的坚定步伐，一脚高一脚低地走向村庄的方向。

身后传向了一串自行车清脆的铃声，公社邮递员骑着一辆通身绿油油的自行车出现了，他喊道："队长叔，你们村的报纸和信。本来要送到医疗站，现在看到你就交给你吧，我还要给下一个村庄送封加急电报……"

邮递员把一张《人民日报》和一封信交到了吕长苟手中，然后又摁着一路清脆的自行车铃声离开了。

那封信是送给生产队的。吕长苟把报纸夹在腋下，撕开信封，一看到信的内容，立刻心花怒放。他欢欢喜喜地几乎连蹦带跳地来到村口，对一群正在玩耍的半大孩子喊道："叫妇女队长、民兵排长来队委会开会。"

昨晚队长被人打了，今天早晨没人敲钟，社员们都猫在家里，不下地干活，他们装着等待铃声，很多人都还没有从炕上爬起来。今天难得有一天清闲。

福海妈和雷德禄来到村委会，看到吕长苟坐在那张高背椅上，他们本来想着经历过昨晚那件事情，吕长苟肯定灰头土脸，没想到他神采飞扬。他们都感到心里很纳闷。

吕长苟问福海妈："福海媳妇现在乖不乖？"

福海妈说："还是那个样子，不让福海进门。"

吕长苟说："打下的女人揉下的面，面越揉越软和，女人越打越听话。"

福海妈说："队长说得有道理……我还有个担心，她说她有男人，和她男人一搭出来，她男人要是找来了该咋办？"

吕长苟说："你就把心放回肚子吧，中国这么大，她男人能找到咱生产队？再说，就算找来了，还有我挡着。没有我同意，谁都甭想把人带走。"

福海妈感激地说："啊呀，队长您就是我福海的大恩人。"

吕长苟说："你娃有了好事，不知道我娃学工啥时候也会有好事。"

吕长苟又把头转向雷德禄，语重心长地说道："德禄，我听公社说，今年冬天咱们生产队有一个征兵名额，我想推荐你去当解放军。"他边说边把那个刚收到的信封举给雷德禄看。

雷德禄嘴唇嗫嚅地说："放羊老汉被杀的这事情，我还没有……"

吕长苟说："征兵名额这件事，我说谁去，谁就可以去。我在这生产队说句话，一口唾沫一个钉，谁敢和我有不同意见！"

福海妈向着雷德禄摆眼色，说道："赶紧感谢队长。"

雷德禄满脸都是笑容，好像觉得自己已经穿上了那身绿军装，他说："啊呀队长，我都不知道怎么感激你。"

吕长苟对雷德禄说："去把村委会所有成员叫进来开会。"

今天难得有一天空闲时间，不用下地干活，王定娃收拾了一堆烂砖头，准备继续垒猪圈。他刚刚摸起瓦刀泥页，就听见雷德禄说叫开会。

王定娃心里一阵冷笑，这个吕长苟啊，昨晚把脸面子掉在地上，让全村人踩踏，今早晨哪来的脸召开队委会？吕长苟肯定是开会解释昨晚他被人打的事情，好吧，且听他怎么说。

王定娃来到队委会，看到其他人都已经来了，队长吕长苟、会计白家兴、保管员姬满囤、妇女队长福海妈、民兵排长雷德禄、记工员郑小琴。王定娃想着郑小琴一定会灰头土脸，满脸颓丧，他没有想到，郑小琴却是一脸的若无其事，她正在自顾自地嗑瓜子，嗑过的瓜子皮洒了一地。

王定娃在心中骂了一句"臭婊子"。年轻时候的黑炭妈也曾经偷人，为这事她在生产队一辈子抬不起头，谁一说起这件事，她就要和谁拼命。雷梨花被插队知青弄大了肚子，为这事把娃都逼疯了。唯独这个臭婊子，全村人都知道了她昨晚的丑事，她现在还坐在这里像个没事人一样。真真太不要脸了！

王定娃刚刚在小凳子上坐好，坐在高背椅子上的吕长苟就说："最近，国际形势一片大好，国内形势也一片大好，我们生产队的形势，同样一片大好。今年，上面给了我们生产队一个上大学的名额，大家合计合计，看推荐谁去上大学。"

王定娃听到这里，眼前一亮，这件事情非同小可。谁上了大学，就是鲤鱼跃龙门，就吃上了商品粮，成为国家干部，一辈子告别生产队，一辈子不再过这种面朝黄土背朝天、一颗汗珠摔八瓣的苦难生活。

王定娃正在盘算人选，就听见福海妈先说话了。福海妈说："我推荐吕学工去上上学。"

吕学工是队长吕长苟的大儿子，吕长苟有三个儿子，分别叫学工、学农、学军。学农和学军还在上小学，学工早就不上学了，他连小学三年级都没有上完。他天生愚钝，人家都学乘法了，他连加法都还没有学会。人家早就背上了书包，他还像在幼儿园一样背着墨板。小伙伴们去掏马蜂窝，总是把他推在前头，结果他每次都被螫得紫头烂面。小伙伴们翻山去偷枣子，总是推着他上树，一发现看枣人来了，大家一哄而散，挂在树上的他总是被人抓住……今年二十岁的他，还幼稚得像个孩子，村子里那些脯乳期的女人，刚从地里干活回来，顾不得擦一把汗，接过嗷嗷待哺的孩子喂奶，又白又大的奶子像两个大白蒸馍一样整个露在外面，太馋人了。全村男人看到这一幕，都会自觉避开眼神，默默走开，蒸馍虽白，不是你的，你就别吃。唯独二十岁的吕学工还傻哈哈地盯着奶子看。村子里有女人就故意说：学工，看啥哩，是不是想吃一口？吕学工还就真的走上去了，想吃人家的奶。害得女人骚红了脸，边骂着吕学工，边忙不迭地把奶子盖住……二十岁的小伙子，媒婆黄水娘早就登门说亲了，而唯独吕学工，媒婆黄水娘不愿意说亲。把谁家女子说给这个傻子，就是害了人家女子。

王定娃还没有说话，就听见雷德禄说道："我同意妇女队长的意见。"

王定娃看着高高在上的吕长苟，他看到吕长苟扬起嘴角，一副憋住不笑的神情。

吕长苟盯着会计白家兴，问道："家兴，你是什么意见？"

白家兴就好像被人从瞌睡中突然唤醒，他胆怯地看着所有人，然而却没有人和他眼睛对接，他迟疑地说："我听大家的，大家说怎么就怎么。"

王定娃说："我推荐姬明哲，他从中学毕业，有知识有文化，品行端正，劳动积极。按理来说，中学毕业了，就轮到上大学了。"

保管姬满囤听到王定娃推荐自己的侄儿，赶紧接过话头说："是的，是的。"

福海妈声色俱厉地呵斥姬满囤："什么是的是的，知识越多越反动，姬明哲上完了中学，说明脑子里的资产阶级流毒很深，需要留在农村好好接受贫下中农的再教育。姬明哲是你侄儿，你竟然敢徇私舞弊，推荐自己的侄儿上大学，你这是自私自利的自由主义思想。狠斗私字一闪念，灵魂深处闹革命，我看应该开会狠狠地批斗你。"

姬满囤满脸通红，再也不敢说一句话了。

福海妈又问道："小琴，你是什么意见？"

郑小琴把一粒瓜子皮吐出了很远，他说："少数服从多数，群众的眼睛是雪亮的。大家推荐谁，那谁肯定合格。"

福海妈知道有些话队长吕长苟不便说出来，在这种情况下，她就要站出来说，她只要站出来说了，队长吕长苟就会记住她的好。在一个生产队里，队长就是最高领导，他一手遮天，他说什么都是一言九鼎，他可以随意分配生产队的资源，你只有讨好了生产队长，你才能吃饱肚子，你才能跟着沾光。福海妈说："我提议吕学工上大学，同意的人举手。"

　　福海妈说完后，就举起了手。雷德禄看到福海妈举手了，也赶紧举手，好像生怕福海妈抢了先。郑小琴又吐了一口瓜子皮，慢悠悠地举起手来，她的眼睛盯着房顶，一副超然的神情。白家兴惊恐的眼睛看着吕长苟，他看到高高在上的吕长苟眼睛平视着，好像谁也没看，却又好像谁都看到了，他也赶紧举起了手臂。姬满囤刚才受到福海妈一顿抢白，他的手臂举在半空中，犹犹豫豫地，举也不是，不举也不是。

　　王定娃没有举手，他说："上大学，是为了给我们国家培养人才。国家把一个大学名额送给我们生产队，这是对我们生产队极大的信任。我们一定要把合格的人才送进大学，不能把一个小学三年级都没有读完的人……"

　　福海妈打断了王定娃的话，她说道："吕学工就是这样一个完全够资格的人……进共产主义劳动大学，第一条资格就是劳动人民。这手上的硬茧，就是资格！贫下中农同志们，你们说，他够不够资格呀？"

　　所有人都知道后半句话不是福海妈说的，而是电影《决裂》中的人物说的。《决裂》在生产队放了好多遍，里面的一些经典台词，人人都能背过。既然电影中都这样说了，那谁还敢有不同意见？

王定娃不敢再吱声。

福海妈说："那就这样定了，让我们一起祝贺吕学工同志成为我们生产队第一位大学生。"

吕长苟眼睛里都是笑意，可他极力抑制着喜悦，说道："我们家里缺劳力，我想让吕学工留在家里继续劳动，大家另选一个人吧。"

福海妈说："先公后私，先国家后个人，比起你们家，祖国更需要吕学工同志，所以，这事就这样定了。"

一个小学三年级都没有上完的二傻子，现在要出门上大学了。全生产队的人都觉得此事很滑稽，但因为他爹是生产队长，此事就不滑稽了。

二傻子吕学工从来没有出过门，吕长苟害怕把他弄丢了，就找到赤脚医生白顺才。那个被白顺才治好了腿伤的县革委会干部，邀请白顺才去县医院讲课，白顺才就准备去县医院了，顺便再进点药材。

吕长苟说："你把学工送到县汽车站，明天全县的大学生都在县汽车站集合，然后去省城上大学。"

白顺才说："我会看着他上了汽车，我才会离开。"

吕长苟握着白顺才的手说："这是我们生产队第一名大学生，护送大学生的光荣任务，我就交给你了。"

白顺才抽出手，轻描淡写地点点头，他在心中发出嗤笑：什么光荣的任务，不就是害怕把你的傻儿子弄丢了嘛，这个人从里到外都虚假到了极点。

从生产队到县城，并不容易，首先要先翻山越岭，来到公社，公社的旁边有一条柏油路，柏油路上才有通往县城的汽车。

那天，正碰上公社赶集，集市上很多人。白顺才肩上背着一个巨大的背包，背包是准备用来装从县医院进回来的药材的。白顺才的后面跟着吕学工，吕学工从来没有来过公社街道，也从来没有见到这么多人，他惊慌得就像一只懵懂中走上大街的老鼠，他紧张地拉着白顺才的衣服下摆，胆怯地望着身边的人，亦步亦趋，脸上是快要哭了的神情。

旁边有人看到吕学工，就忍不住笑了，他们觉得这么大一个小伙子，还像个孩子一样，拉着大人的衣服，惶恐不安，实在太可笑了。

有人认识白顺才，就问道："白大夫，你这是去哪里？后面这娃是谁呀？"

白顺才说："后面这娃要上大学了，我送到县城去。"

听到这话的人，全都笑了："哈哈，这娃也能上大学？这娃要能上大学，我就能当地委书记了。"

白顺才没有理他们，任凭身后笑声放肆地响成一片。

他们穿过街道，来到配种站门口，配种站里聚集着一堆人，他们正在饶有兴趣地观看那头种猪。那头号称全公社第一号的白色种猪非常大，肚子滚圆，足足有一米多高。它在猪圈里边哼边走，哼哼声浑厚有力。

吕学工看到那头种猪，他迈不动步子了，满眼放光，一定要进去看个稀奇。

白顺才说："汽车快来了，赶紧走。"

吕学工说："啊呀呀，这么大的猪，不看实在可惜，我就到跟前看一眼。"

白顺才说："你就要到省城了，看不完的好东西，一头猪有什么好看的？"

吕学工丢下白顺才，一溜烟跑进了配种站。白顺才无奈，只好在原地等他。

过了好大一会儿，吕学工才心满意足地回来了，他一回来，就兴高采烈地对白顺才说个不停："啊呀呀，那猪吃的是鸡蛋，一盘子煮鸡蛋，一嘴下去，半盘子鸡蛋就没了。啊呀呀，这猪都比我吃得好。"

白顺才说："那当然，这猪要出力嘛。"

吕学工问："出什么力？"

白顺才说："配种啊。"

吕学工问："啥叫配种？"

白顺才看看他，看到他一脸期待和无辜的神情，知道他是真的不懂。一个二十岁的小伙子，居然还没有性成熟，不知道配种是什么意思。白顺才说："你到了大学就会知道。"

吕学工说："你现在就说嘛。"

白顺才说："全公社的母猪，都必须让这头种猪来弄。所以它很忙，也很辛苦。"

吕学工问："为什么只能让它来弄，别的猪就不行？"

白顺才想了想说："这头种猪，就是队长，队长在全生产队里，吃得好，有力气，想和谁弄就和谁弄，他看上谁，就能和谁弄。别人就不行。"

吕学工欣喜地说："你这样一说，我就明白了，这头种猪就是猪里面的队长嘛。"

白顺才笑了笑，想：这个小学三年级文化程度的蠢货，和高中毕业生姬明哲比起来，简直一个在天上，一个在地下，可为什么偏偏是这个笨蛋上大学？

汽车来了，他们顺利登上汽车，来到县城。

县城汽车站里，聚集了全县准备上大学的青年，高高矮矮地足足有二三十个，有的戴着草帽，有的光着头，所有人都皮肤黝黑，神情木讷，就像刚刚从田间地头走回来，放下裤脚，拍干净裤脚上泥土的农民。有的人腰间斜挎着黄挎包，黄挎包上印着鲜红的"为人民服务"五个大字；有的手中提着网兜，网兜里放着搪瓷盆，搪瓷盆上印着"红军不怕远征难"……

一个穿着洗得发白的旧军装的中年人，站在一张凳子上喊道："要去省城上大学的，都到这边来。"

那二三十个青年呼啦啦拥过去，簇拥在旧军装的周围，听旧军装的人讲一路上的注意事项。而在外面，则是密密麻麻看稀奇的人群，他们伸长脖子，像一群等着主人喂食的鸭子。还有人在窃窃私语："这都是谁家的娃啊，这么好，要上大学了。""还能是谁家娃？你和我的娃都没这种资格。"

白顺才看到那个穿着旧军装的人带着这些青年走上了一辆汽车，这些即将走进大学校门的青年一步三回头，寻找着人群中送别的人，而吕学工一路没有回头，他好像压根就不知道是白顺才把他送到了县城汽车站。白顺才本来还想叮咛他几句，要他在外照顾好自己，现在也没机会了。

白顺才转过身，准备离开。突然，他在围观的人群中发现了生产队的放羊老汉。那个早就死了的放羊老汉。他的鼻梁上有一道醒目的凹槽。他这张特色显著的脸，让人看一眼就无法忘记。

放羊老汉被人群挟裹着，忽而向前，忽而退后。他的皮肤被太阳晒得又黑又红，像上了一层釉彩。白顺才害怕自己看花眼，他一动不动地盯着那个人，那个人确实是放羊老汉，那个头，那眉眼，千真万确是放羊老汉。白顺才从小在村庄里看着放羊老汉长大，他绝对不会认错人。

原来，放羊老汉没有死。

白顺才是赤脚医生，他不相信世界上有鬼魂。他相信自己看到的就是放羊老汉，绝不会是鬼魂。

开往省城的载着大学生的汽车渐渐远去了，围观的人群也渐渐散开了。

放羊老汉被人群挟裹着，来到大街。白顺才在后面不动声色地跟着，也来到大街。放羊老汉似乎发现了后面有人跟踪，他走得飞快，两只烂布鞋像连枷一样吧嗒吧嗒叩打着他的脚后跟，肩膀上补了两块补丁的烂布衫像鼓满了风的船帆，在身后飘飘摇摇。白顺才发足追赶。他一定要追上他，问问他怎么会出现在县城，那个死了的人又是谁？

他们就这样来到了百货大楼。

百货大楼是一座两层楼，也是全县最繁华的地方，其实就是县城的供销社，里面除了卖油盐酱醋等各种生活必需品，还卖各种颜色的布匹。这天的百货大楼门前人山人海，锣鼓喧天，红旗招展，架在树上的高音喇叭里，正播放着雄壮有力的革命歌曲，歌曲的声浪淹没了大街上所有声响。

今天是百货大楼建成开业一周年。

在百货大楼门前，白顺才跟丢了放羊老汉。放羊老汉像一条鱼一样，游入了人群的汪洋大海里。

白顺才怅然而归。

第十七章　誓死嫁给城里人

雷梨花不疯了，她又变成了以前那个风风火火的铁姑娘，什么农活到她手中都干得风生水起。只是，她好像不会笑了，没有人再听到她的笑声。

生产队里一些喜欢多事的婆娘，故意问雷梨花："你还记得你以前的事情。"雷梨花摇摇头，好像真的把以前的事情全部忘记了。

雷梨花又回到正常人了，但媒婆黄水娘仍然没有来上门。黄水娘没有来上门，就表示没有人来提亲，没有人看上雷梨花。雷梨花尽管仍然是全公社最漂亮的姑娘，但她的名声已经坏了，人人都知道她是省城知青睡过的破鞋。在生产队，哪怕最穷的光棍，也不会娶破鞋。一个人的名声会跟随他一辈子，娶了破鞋雷梨花，一辈子都会被人在后面指指点点。

雷梨花她娘担心女儿有一天又突然变成疯子，成了她一辈子的累赘，她央求媒婆黄水娘："赶紧找个人把我女儿嫁了。"

黄水娘说："还用找吗？远在天边，近在眼前，车把式姬明哲就等着娶你家梨花哩。"

雷梨花她娘迟疑地说："我娃都破了身子，人家明哲看得上？"

黄水娘说："当然看得上，只要你家梨花答应一声，明天就能入洞房。全生产队谁不知道姬明哲就等着娶你家梨花。"

雷梨花她娘听得心花怒放。

雷梨花她娘回到家中，把黄水娘的话告诉女儿，可是雷梨花说什么也不答应。

她娘说："姬明哲这小伙子，要人样有人样，要品行有品行，就是家里穷点。可现在，看看你自己，都成了没底的锅了，能有人不弹嫌你就不错了，人到了哪种地步，就说哪种地步的话。"

雷梨花说："我不是不愿意嫁给姬明哲，我是不愿意嫁给生产队。"

她娘问："那你想嫁到哪里？"

雷梨花说："我要嫁到城里。"

她娘哭丧着脸说："好我娃哩，你都成这样了，乡下人都看不上，人家城里人谁会看上你？"

雷梨花把她娘一把推出去，她说："我的事不要你管。"

她娘一直站在窗台下絮絮叨叨，雷梨花咬着嘴唇，眼泪哗哗流淌。

她性格很倔强，她不想告诉任何人，她想嫁到城里，嫁到一个没人知道她过去的地方，她发誓一定要永远离开生产队这个是非之地。不惜一切代价。

把雷梨花"疯癫病"治好的神婆子，成为了方圆几十里的名人。

通往神婆子家门口的大道小径上，川流不息地奔走着患有各种疑难杂症的人，他们如同条条小溪归大海一样归到了神婆子的家门口。神婆子的家门口比公社街道还热闹，门庭若市，那些想要治疗各种疑难杂症的人排起了长队，长队如同一条蜿蜒盘旋的井绳一样翻山越岭，绵绵不绝。有的人在路边搭起了帐篷，有的人在路边支起了竹床，他们如同干涸的土地盼望春雨一样盼望着神婆子给他们念咒画符。

神婆子家的厅堂里昼夜都点着烛光，所有的窗户都蒙着厚厚的棉被，黯淡的烛光下，房间里的一切都显得鬼魅而神秘。神婆子仗剑披发，光着双脚，脸上因为涂抹了一层脂粉而显得异常白皙，白得就像屁股一样。神婆子在房间里手舞足蹈，念念有词，好像在追赶着一只永远也追赶不上的苍蝇，然后，她把手中的桃木剑刺入水桶里，水桶里的半桶水立即变成了红色。

所有人都发出了一声恐怖的尖叫。

神婆子释然地长吁一口气，唱道："我本仙女下凡尘，仗剑千里救万民。人间正道是沧桑，妖魔鬼怪全扫光。"然后，她拿起一张黄表纸，就着蜡烛点燃了，把灰烬装在玻璃瓶中，交给了来人。

神婆子的女徒弟一直坐在墙边，她看到神婆子装好了灰烬，就接过玻璃瓶，递给前来看病的人，说道："回家后和水喝完，身体就会彻底好。"

病人满脸都是受宠若惊的神情，他们一只手把十元钱交给女徒弟，一只手接过了玻璃瓶。

十元钱，是那时候的最大面值。

这一天，神婆子让人捎话，说她想见雷梨花。

雷梨花匆匆赶到神婆子家。

因为神婆子事先已经说了，今天是观音菩萨的生日，她要专心在家侍奉主人，她总是自称自己是观音菩萨的女管家，所以那些看病的人都知趣地离开了。

神婆子一见到雷梨花，就问道："你们生产队的放羊老汉是不是没死？"

雷梨花的身体不经意地哆嗦了一下，说道："赤脚医生白顺才在县城见到了放羊老汉，这事在生产队里传开了。"

神婆子问道："生产队的人怎么说？"

雷梨花说："生产队的人说，白顺才见到的，肯定是放羊老汉的鬼魂。"

神婆子笑了，她说道："人死如灯火，这世界上哪里有鬼魂。"

雷梨花听得惊讶不已。如果别人这么说，她不会震惊。而这句话出自一个整天装神弄鬼的人，这就让雷梨花张开的嘴巴半天没有合拢。

雷梨花说："可是，放羊老汉的尸体，真的不见了。那次，生产队的人分成了两派，一派要埋人，一派不让埋人……"

神婆子说："我知道，棺材掉在地上，盖子打开，里面没有尸体。"

雷梨花问道："你怎么知道？"

神婆子说："我上知五百年，下知五百年，这世界上就没有我不知道的事情。"

雷梨花又问："那你知道尸体去了哪里？"

神婆子说："我当然知道，你们生产队有人把尸体卖了，配阴婚。"

雷梨花听得一头雾水，问道："什么叫配阴婚？"

神婆子说："别的生产队死了一个女人，你们生产队死了一个男人，他们两个在阴间相配，这就叫配阴婚。"

雷梨花问道："你怎么知道是配阴婚了？"

神婆子哈哈一笑说："这事还是经过我撮合的。你们生产队的队长央求我的。"

雷梨花长长地出了一口气，用手背擦着额头的汗珠。

神婆子摸着雷梨花的手掌，问道："你为什么掌心冰凉？你怎么了？"

雷梨花说："我夜晚总是梦见恶鬼缠身，那个恶鬼，一会儿是放羊老汉，一会儿是另外的人，面目看不清楚……"

神婆子说："人又不是你杀的，你怕什么？"

雷梨花的身体又不经意地哆嗦了一下，她说："我只是害怕，人不是我杀的，人不是我杀的……"

神婆子问："奇怪了，放羊老汉没有死，那死的那个人又是谁？"

雷梨花说："我也不知道。"

神婆子长咧咧地睡在地上，露出了肚腹，她的肚子像鱼肚子一样惨白。长期养尊处优、装神弄鬼的生活，让神婆子看起来比实际年龄小了很多。

神婆子说："我的腿疼，你给我捏捏。"

雷梨花坐在神婆子的腿边，帮她揉捏。神婆子闭着眼睛，嘴里发出满意的哼哼声。她似乎在喃喃自语："我年轻的时候啊，身上的肉也像你一样紧绷绷的，那时候啊，每个男人见了我都爱得不得了……"

雷梨花只顾给她揉捏腿脚，没有说话。

神婆子问道："你睡过几个男人？"

雷梨花满脸通红，她想说又说不出口。

神婆子说："一个？是不是？就那个城里人？"

雷梨花点点头。

神婆子说："你确实太亏了，才睡了一个男人，就让人说成了这样，逼得你装疯卖傻。我告诉你，我年轻的时候，睡过的男人不下一百个……"

雷梨花骚红了脸，一言不发。

神婆子说："女人身上长了那么一个东西，不能拉屎不能撒尿，干啥用的？就是弄那种事情用的。东西长在我身上，我想怎么用就怎么用，旁人管得上？我的东西和旁人有什么相干？旁人你凭什么管我的事？"

雷梨花想听听神婆子讲她年轻时候怎么睡男人的，无论男人还是女人，都对这种事感兴趣。可是神婆子却发出了轻轻的鼾声。雷梨花也停止了揉捏，靠墙坐着。

突然，神婆子醒来了，她说道："我今天叫你过来，是想告诉你一件事。"

雷梨花望着神婆子。

神婆子说："我上次答应过你，要给你找一个城里人。现在我找到了。"

雷梨花一惊，眼前好像拨开云雾见青天，一片豁亮。他等了很久很久，终于等到了第二个城里人。第一个城里人李向前让他活得人不人鬼不鬼，第二个城里人她一定要抓住。这辈子，誓死只嫁城里人。

神婆子说："这个人是全县知青的学习榜样。他在南山砍伐木头，大树即将倒下的时候，他看到集体的镢头有可能会被压断，就扑上去抢救，最后，他把镢头丢在远处，而自己却被大树压折了腰。县革委会号召全县知青向他学习，学习他不顾个人安危，抢救集体财产的精神，说他大公无私，集体主义高于一切……"

雷梨花问："这么说，他是英雄人物？"

神婆子回答说："当然，他是真正的英雄人物。你愿意嫁给他吗？"

雷梨花说："我一直想嫁给英雄人物……可是，他是英雄，会看上我吗？"

神婆子看着雷梨花，说道："你没有听懂我的话，他的腰被压折了，一辈子要坐在轮椅上，你愿意嫁给他吗？"

雷梨花说："我听懂了，我愿意。"

神婆子继续说："你要伺候他一辈子，给他端屎端尿，你愿意吗？"

雷梨花说："我愿意。"

神婆子说："你和他一辈子都弄不能那事，你愿意吗？"

雷梨花犹豫了一下，咬着嘴唇说："我愿意。"

神婆子问："英雄人物的名头都是虚的，而一个瘫痪的男人才是真的，你为什么要嫁给这样一个瘫痪的男人？"

雷梨花说："我只想离开生产队，离得越远越好，永远都不回来。"

第十八章　明珠的男人找来了

雷梨花很快就结婚了。

雷梨花结婚的时候，省城里开来了一辆绿色的解放牌汽车。车头上挂着一朵红花，车厢里坐着雷梨花的残疾丈夫和他的城市伙伴们。

雷梨花的丈夫是被人从车厢里抬下来的，他长得还算周正，可是眉宇间总是一副挥之不去的悲戚神情。他的伙伴们把雷梨花她娘纳的新被子新褥子搬上车厢，还有陪嫁的脸盆架子、搪瓷缸子、《毛选四卷》……而他静静地坐在屋檐下，望着雷梨花家因为洒了一层水而压住的浮土，不知道在想什么。

生产队的人只看了一眼雷梨花的丈夫，就再没有心情看了，他们围聚在那辆汽车的旁边，谈论着，猜测着，用手轻轻摸着，害怕使劲摸会摸坏了，摸坏了可没人赔得起。这是生产队第一次驶来了一辆汽车，他们不明白这个名叫汽车的怪物是怎么跑起来的。

雷梨花坐在房间里，很长时间一动不动，眼睛也没有眨一下，窗外喧嚣的声浪好像和她没有关系，她看着自己身上崭新的衣服，突然想：我为什么今天要穿成这样？这一切和我有什么关系呢？她打了一个激灵，感觉一滴眼泪从眼眶里溅出来。

她听见窗外有挑着水桶的脚步声来来往往，来的时候挑着两桶水，脚步沉重；离开的时候，挑着两只空桶，脚步轻松。她知道那是姬明哲。她和姬明哲青梅竹马，她从小就能听出来姬明哲的脚步声，姬明哲风风火火，走路的声音也很轻快。

雷梨花她娘走了进来，对女儿说："汽车要走了，我娃该上车了。"

雷梨花说："娘，你把姬明哲叫进来吧。"

姬明哲把两只空桶放在房门口，把挑担靠在门框边，走了进来，他昨天晚上一定没有睡好，两只眼睛又红又肿，他站在房门后，看着雷梨花，一言不发。

雷梨花说："你往前走。"

姬明哲走上两步。

雷梨花说："你再往前走。"

姬明哲又走上两步。

雷梨花突然一把抓住了姬明哲的手掌，贴在自己脸上，她的眼泪扑簌簌地流下来，染湿了姬明哲的手心。

姬明哲的身体像触电一样颤抖，他的眼泪也流了下来。他说："梨花，我带你走吧，现在还来得急。"

雷梨花哽咽着说："我知道你喜欢我，可是我实在没办法……我害怕啊，我怕得要死……"

姬明哲说："和我在一起，你不用害怕。"

雷梨花突然放开了姬明哲的手，她抹了一把满脸的眼泪，说道："你不知道，你真的不知道……"

姬明哲听得一头雾水，他问道："我不知道什么？"

雷梨花没有回答，她说："我以后再也不回生产队了，你是生产队唯一让我想念的人。"

雷梨花说完后，就走出了房门。房门外突然传来了密集而清脆的鞭炮声，鞭炮声中还夹杂着那群城市伙伴的起哄声，他们大呼小叫着，把雷梨花和她的残疾丈夫举起来，放在车厢里。然后，汽车一路鸣笛，从生产队开向了大城市。

生产队的人站在汽车卷起的滚滚黄尘中，羡慕地说：看人家雷梨花嫁得多好，嫁到了城里，以后人家就是城里人啊。

姬明哲站在村外的悬崖上，看着汽车愈来愈远，远得就像一只飞翔的甲虫。一滴眼泪挂在脸上，他浑然不觉。

汽车走远了，而一个人影却走近了。

　　那个人风尘仆仆，汗流浃背，肩膀处的衣服上渗出了一层白色的盐渍，显然走了很远的路。

　　那个人看到悬崖上的姬明哲，问道："大哥，向您打听个事儿。"

　　姬明哲走下悬崖，他看到这个人满脸都是汗水和泥土混合而成的泥垢，看不清他的年龄，也看不清他长什么样子。在这个与世隔绝的生产队，平时只有货郎、邮递员、电影放映员才会进来。姬明哲不知道这个人是干什么的，他多了几分戒备心。

　　那个人从口袋里摸着摸着，摸出了一份介绍信。介绍信被汗水浸湿了一遍又一遍，字迹有些模糊，但下面鲜红的印章仍清晰可见。姬明哲接过介绍信，看到上面写着："兹介绍我大队社员程林州和黄明珠前往陕西省寻找母亲，请沿途革命群众照顾为盼。"落款处是"四川省巫溪县革命委员会程家坝大队"。

　　姬明哲看到这封信，心中一惊，他已经猜到了七八分，福海捡来的那个女人，不就是叫明珠吗？为了进一步证实，他问道："你打听什么事情？"

　　那个人说："我就是程林州，我妻子叫黄明珠。我们那地方，公粮都上交了，社员们没吃的，就出门讨饭吃，大队给我开了这样一个介绍信……我和妻子在一座火车站走丢了，我扶她爬上火车，火车突然开走了，我没有追上……我就这样一站一站地找她……"

姬明哲完全明白了，这就是生产队里那个名叫明珠的女人的丈夫，那个被迫给福海做了媳妇的女人的丈夫。明珠的丈夫一路找过来了，这件事情可非同小可。

程林州问道："大哥，您听到过一个名叫明珠的四川女人吗？"

姬明哲想了想，说道："你在这荫凉下先等等，我给你问问别人。"

雷梨花远嫁了，热闹看完了，生产队的人又开始下地干活。

姬明哲看到近处的山峁上，有一行人正在种谷子，最前面是扶犁的人，牛拉着犁铧慢慢腾腾地走着，扶犁的人慢慢腾腾地跟着。间或抡起鞭子，鞭稍在空中挽出了嘹亮的脆响，却舍不得落在牛身上。牛充耳不闻，继续按照自己的节奏行走。扶犁的人就开始亲切地骂起来，跟在后面的人一齐爆发出欢快的笑声。扶犁的后面是撒粪的，撒粪的后面是点籽的，点籽的后面是打土疙瘩的。一行人就这样慢慢悠悠地向前走着，隔着同样的距离，甚至连步履都是一样的。在钢青色的天幕映衬下，人群显得非常渺小，像一行飞翔在季节深处的大雁。而在更远处的路上，是几个滚铁环的孩子。他们不知道为什么事，吵成一团。

姬明哲来到近处，看到扶犁的人是老秀才王进坤，就喊了一声。王进坤听见喊声，就吆停了牛。

姬明哲说："进坤叔，有个事，您来一下。"

王进坤把犁铧插进黄土里，拍拍袖子上的土灰，走向了姬明哲，后面撒粪的点籽的打土疙瘩的，也全部停住了脚步，有人喊："明哲，啥球事嘛，还神神秘秘的。"

姬明哲没有招理他们，他对走到跟前的王进坤说："要出大事了，明珠的男人找来了。"

姬明哲把事情的前因后果告诉了王进坤。纵然王进坤见多识广，也惊讶得瞪大了眼睛。他说："我早就知道要出事，天上哪里会掉馅饼？"

姬明哲问："现在该怎么办？给那个人怎么回话？"

王进坤说："怎么说？实话实说，火心要虚，人心要实，做人要本本分分，做事要踏踏实实。人家这一路千辛万苦找过来，一句谎话肯定打发不走。"

程林州住在生产队外的破庙里，他解开随身带着的一个破布包，从里面取出几个一路讨来的包谷面馍馍，掰开后，晾晒在庙门口的土台子上。他慢悠悠地很仔细地吃了一片包谷馍，连最细小的一粒馍馍屑都咽到了肚子里，这才从背包里取出一个破碗，碗边已经磕出了一个缺口。他端着这只有豁口的破碗，来到村口的王黑炭家，要了半碗水喝，然后又回到了破庙里。

他知道妻子明珠就在这座生产队里，他要住在破庙里等妻子出来。

生产队上工的人每天都扛着锄头铁锹从破庙门口经过，他们用或好奇或怜悯的眼光看着他。程林州也看着他们，他们中没有妻子明珠的身影。

放羊娃福海也每天赶着羊群路过破庙，他看到程林州坐在破庙门口，程林州身材高大，却非常消瘦，瘦得浑身只剩下骨头，两只深陷在眼眶里的眼睛，看起来非常吓人，就像骷髅一样。福海一次次地威胁他："你他妈的还不走？不走就把你弄死到这里。"可是，他似乎没有听见福海的话，甚至连福海看一眼也没有。

程林州的到来让福海和他妈感到了灾难深重的威胁。福海妈严密封锁消息，不让任何人进入自己家，她家从早到晚都院门关闭，她担心被关在房间里的明珠听见自己男人找来的消息。福海妈对福海说："你在咱生产队，怕什么？把那个烂货赶走！"

福海喊上二流子白家有，两人提着鞭子去找程林州。他们对着程林州劈头盖面地抽打，打得程林州落荒而逃。

福海说："现在好了，他逃走了。"

可是，第二天，程林州又坐在了破庙门口，他的脸上还带着皮鞭留下的血痕。他的倔强超出了任何人的想象。

大约是程林州来到生产队的第七天，全生产队的劳力都下地干活了。生产队里没有周六周日，没有节假日，只要没有刮大风下大雨，所有社员就必须下地干活。

程林州看到村道上没有一个人影，只有两只狗追逐着跑过，一只母鸡惊慌失措地飞上墙头，落下几根飘飘荡荡的绒毛。

程林州来到了村道上，他的双脚踩着被无数人的双脚踩踏得干硬的路面，深深地吸了一口气，然后突然喊道："明珠——"他喊得声嘶力竭，好像全身的力气在那一刻突然迸发出来。

喊声过后，全村突然陷入了短暂的寂静。接着，所有的狗都开始疯狂吠叫起来，所有的鸡也开始惊恐鸣叫起来。

程林州又喊了一声"明珠——"他的声音像劈开的竹篾，听起来异常恐怖。

他想听到明珠的回声，可是没有。村庄里除了鸡飞狗叫，再没有任何人声。他不知道，此时他的妻子明珠被捆绑在福海家的红薯窖里，一动也不能动。她的嘴巴里塞着肮脏的布片。她听见了丈夫程林州叫喊自己名字的声音，然而她却无法回应。

黑暗的红薯窖里，一只只蜈蚣从明珠的脚面上蜿蜒爬过，明珠能够感觉到冷血动物特有的冰凉和微痒。那只硕大的老鼠，总是坐在明珠的面前，用绿豆一样圆滚滚的小眼睛望着明珠，它长得非常邋遢，肚皮都耷拉到地上，黑暗中的明珠看不清它的模样，只能影影绰绰地看到它的轮廓。明珠心中充满了恐惧，然而更恐惧的是，丈夫明明就在村道上呼喊着她的名字，而他们却无法相见。

　　这天晚上，生产队年龄最大的王有财老汉摸到了破庙里，他对程林州说："娃娃，你现在就赶紧走，你要不走，就没命了，他们半夜要对你下毒手。"

第十九章　拉练的解放军同志

　　队长吕长苟和妇女队长福海妈确实想对程林州下毒手。

　　程林州在村外的破庙居住了七天，这七天来，他们寝食难安。程林州像块狗皮膏药一样，撕又撕不下，揭又揭不开，无论怎样威胁，怎样殴打，程林州就是不离开。吕长苟和福海妈骑虎难下，心中充满了惶恐。

　　更让他们感到惶恐的是，劁猪匠从公社革委会来到生产队，带来了一封信。

　　劁猪骟羊，都是古老行当。劁猪匠是那个年代仅有的少数几个能够走村窜乡的人，他的衣服肩膀处别着两寸长的一片红布，这片红布是他这种职业的醒目标志。劁猪匠到了村庄，从不喊叫。"烂鞋底换针线了——"这是货郎的喊叫；"锔锅补碗了——"这是补锅匠的喊叫……劁猪匠不能喊叫，因为劁猪匠是和猪的生殖器打交道，你总不能把生殖器喊叫出来，所以，劁猪匠手里拿着两张黑铁片，只要走进村庄，就摩擦两张铁片，铁片发出"镗——镗——"的声音，需要劁猪的人家就知道，这是劁猪匠来了。

猪是需要劁的，羊是需要骟的，也就是割掉生殖器。被割掉了生殖器的猪羊，就变得温顺听话，不争不抢不斗，安安静静地长肉。

那时候，家家户户养猪，有的人家甚至养好几头猪。所以，劁猪匠在生产队拥有广阔的市场。

劁猪匠从公社革委会带来了一封信，信上说，两天后，一队拉练的解放军同志，要路过生产队。

解放军同志要是看到破庙里的程林州，那可不得了。

夜晚，福海妈和吕长苟在队委会商量，怎么尽快处理好这件事。他们没有想到，有财老汉像个幽灵一样悄无声息地坐在队委会的窗口下。他听见吕长苟说："我啥都不知道，你要干啥事就干了。"福海妈说："那今晚就把那个外来的做了，埋到沟窟窿里，不会有人知道。"吕长苟说："我啥都不知道，啥都没听见。"

有财老汉听到这样说，震惊不已。人们说：矬子心毒。看来是真的，长得像根棒槌一样的福海妈，心肠竟然如此歹毒，连杀人的事情都敢做。

有财老汉拄着拐杖，撂开双脚，跌跌撞撞地跑进破庙里，告诉了程林州这个消息。

程林州趁着夜色逃走了。

解放军同志说来就来了。

足足有一个连的解放军来到了生产队，他们打着旗帜，唱着歌曲，每个人的背上都背着折叠得整整齐齐的被褥毛毯和钢枪，腰间挎着水壶。他们远远地从山峁上出现了，生产队就陷入了巨大的轰动中。

突然见到这么多人民子弟兵，全生产队的人都激动得满脸放光。最激动的是民兵排长雷德禄，他背着他那杆没有子弹的早就退役了的步枪，一会儿手搭凉棚看解放军走到了哪里，一会儿非常威严地挥舞手臂维持秩序。

解放军进村了，他们每个人的皮肤都被晒得黝黑，但步伐整齐，精气神十足。百十人走出了千军万马的感觉。

雷德禄举起手臂，高声叫喊："向解放军同志学习。"

全体社员的喉咙乱七八糟地叫喊："向解放军同志学习。"

解放军雄壮有力地回应："向人民群众学习。"

雷德禄又举起手臂叫喊："向解放军同志致敬。"

全体社员喊："向解放军同志致敬。"

解放军回应："向人民群众致敬。"

生产队像过节一样热闹，甚至比过节还热闹。生产队里从来没有来过这么多人。

打麦场里搭起了很多绿色的帐篷，一字排开，解放军同志在帐篷外埋锅造饭。打麦场的另一边，是几个巨大的麦秸垛。一群光屁股的半大孩子，边在麦秸垛边玩耍，边看着忙忙碌碌的解放军。

队长吕长苟指挥着几个人抬来了一口大锅，大锅里是煮好的绿豆汤。一名解放军拿出了二十元钱，一定要放在吕长苟的手中；吕长苟坚决地推辞。两个人你来我往，就像练太极推手一样。那名解放军说："我是连长，不拿群众一针一线，是我军的光荣传统，这钱您无论如何都要收下。"

吕长苟看到推辞不掉，就说："那好吧，军民一家亲，不能让您违反纪律。那我收下了。"吕长苟把二十元钱放在了自己口袋里。

校长带着小学生过来了，小学生们一个个小脸蛋都涂抹得一片通红，红得就像胸前的红领巾。红领巾是革命烈士的鲜血染成的，而他们的脸蛋则是涂抹了一层胭脂。

社员们也全都过来了，有的手中抱着还在吃奶的孩子，有的手中搀着老态龙钟的老人。双目失明了几十年的世杰妈也来了，她坐在一辆独轮车上，让她的远房侄儿王黑炭推着。世杰妈很认真地抬着头，脸上的五官蹙在一起，像一个干瘪萎缩的南瓜。一滴清亮的口水顺着嘴角流下来，滴在衣襟上。

夕阳映照着打麦场，打麦场上人声鼎沸，一场别开生面的军民联欢大会正在召开。

解放军同志排着整齐的队形，连长站在队前打着拍子，他们一起唱了一首《打靶归来》。"日落西山红霞飞，战士打靶把营归把营归……"百十个年轻的喉咙把这首歌唱得排山倒海地动山摇。社员们和小学生们使劲鼓掌，每个人的手掌都拍得生疼。

生产队里的一些人，突然想起了放羊老汉，放羊老汉最爱唱这首歌，可他只会唱前两句。

现在，放羊老汉在哪里。

解放军同志唱完后，就盘腿坐在打麦场被年复一年的碌碡碾压得梆梆硬的地面上，即使他们坐在打麦场上，也排着整齐的队形，横竖斜都是一条线，像一片片切开的豆腐。雷德禄看得羡慕不已，他想：等到今年冬天，我也会和你们一样，队长说过了，今年冬天我就会去当兵了，我也会成为一名光荣的人民解放军。

小学生们登场了，他们整齐地站成几排，双手背在后面，挺起瘦瘦的胸脯，一个个就像小大人一样。他们唱的是学校的保留节目《公社是棵常春藤》：公社是棵常春藤，社员都是藤上的瓜……他们在公社歌咏比赛的时候，唱过这首歌。在生产队赛诗会的时候，唱过这首歌；在忆苦思甜大会上，还唱过这首歌……

小学生们刚刚唱完这首歌，社员同志们和解放军同志们还没有来得及鼓掌，突然，从麦秸垛后跑出来了一个人，他跑得飞快，以至于所有人都没有留意到他是怎么突然出现在这群小学生们中间。

那个人来到小学生中间，面对着坐在地上的解放军，突然跪在地上，一个劲地磕头，然后说道："解放军同志，救救我妻子，救救我妻子……"

人群像炸开的锅一样，他们这才发现，那个人就是在生产队外的破庙里住了七天的程林州。本来他都离开了，不知道什么时候他又返回了。

解放军同志坐着不动，只有连长站了起来，走到了程林州身边。

连长握住程林州的手，将他从地上拉起来，他问："你遇到了什么事情？"

程林州一五一十地诉说自己的悲惨遭遇，如何和妻子在火车站走失，如何一路寻找到了这里……

福海妈从人群里冲出来，挡在了连长和成林州的中间，她对连长说了一句没头没脑的话："解放军同志喝的绿豆汤就是我派人熬的……"

连长的眼睛从福海妈那张奇丑无比的脸上一掠而过，又落在了程林州的脸上，他鼓励程林州继续说下去。

吕长苟走了过来，他对着程林州的脖子拍了一巴掌，拍得程林州跌跌撞撞地退后几步，然后一跤坐倒在地。吕长苟对连长说："解放军同志海涵，这人是我们生产队的神经病人，整天胡说八道，编造些没有的事情……"然后，他对着雷德禄喊道："把这个二货拉到一边去，别让他影响了军民联欢会。"

连长说道："到底怎么回事？你怎么能动手打人？"

吕长苟说："别听这个二货胡说八道。"

突然，王定娃从人群中走出来了，他指着程林州，对连长说："这个人说的是真的，我可以作证。我是贫协主任。"

福海妈听到王定娃这么说，她的脸一下子涨得通红，她叫喊着："老娘和你拼了……"然后像只疯狗一样扑向王定娃。

连长一伸手，就把福海妈拨拉在一边。

王进坤走出来说："我也可以作证，我是贫下中农。"

姬明哲也走出来说："我还可以作证，我是积极分子。"他的身上仍然穿着那件残破的印了"奖"字的白色背心。

连长神色浓重，他拉着程林州的手，说道："我们现在就走。"

军民联欢会不欢而散，解放军带着程林州离开了。

暮色降临的时候，一群乌鸦突然出现了，它们像龙卷风一样盘旋在生产队的上空，经久不散。后来，它们落在村口的老槐树上，隐身在茂密的枝叶间，寂然无声。

老秀才王进坤说："对于有些人来说，灾难快要降临了。"

三天后，一辆三轮摩托车驶入了生产队。三轮摩托车上坐着三个人，除了程林州，还有两名公安人员。

穿着白上衣蓝裤子，戴着大盖帽的公安人员一出现在生产队，吕长苟就翻过自家的后墙，深一脚浅一脚地向深山里逃去。可他的双脚还没有踏上通往深山的羊肠小道，就被公安人员骑着摩托车追上了。

吕长苟坐在地上，上气不接下气地说："柳公安，我知道会有这一天，我知道你会找到我的。"

开摩托的柳公安说："吕长苟啊，你真的成本事，从我的手中逃脱了，竟然躲在这里当了生产队长。"

吕长苟说："一切都是天意啊。如果不是那年越狱逃跑，被你在我腿上钻了一枪，我今天兴许就逃脱了。"

柳公安说："听说你到处给人做报告，说你腿上的枪眼是抗美援朝战场上留下的。"

吕长苟说："这一切都是天意啊。我跑了这么远，躲在这么偏远的生产队，可还是被你发现了。"

柳公安说："我本来是找那个四川女人的，谁想到你竟然躲在这里。"

公安人员将吕长苟、福海妈、福海都带走了。

明珠被从红薯窖里拉上来，她两眼直勾勾的，披头散发，模样很吓人。程林州抱着她，一遍遍地喊："明珠，明珠……"可是，明珠却认不出自己的丈夫。

程林州哭成了泪人，惹得旁边围观的女社员也跟着他掉眼泪。

后来，全生产队的人，每家每户都拿出一个馒头——无论是麦面馒头，还是包谷面馒头——只要是馒头就行，装在程林州的布袋里，将这对苦难夫妻送走了。

很多年过去了，生产队的人还会提起逃犯吕长苟，提起人矬心毒的福海妈，还会提起嫁到了省城里的雷梨花……甚至，还有人会提起放羊老汉。

但人们却一直不知道，那个死在关帝庙里的人是谁？放羊老汉既然没有死，那死的人又是谁？

有人说："兴许有财老汉会知道，他是生产队的活字典，生产队里没有他不知道的事。"

然而，有财老汉已经去世了很多年。

　　而且，他在世的时候，只要问起那个死在破庙里的人，他就保持沉默。无论别人怎么问，他都一言不发。

　　有财老汉把什么秘密带进了棺材里？

第二十章　多年以后才真相大白

又是很多年过去了，省城迎来了改革开放。

似乎是一夜之间，郊外盖起了很多工厂，城市的道路上和公交车里多了很多背着蛇皮袋子的农民工。

城乡之间的距离，前所未有地拉近了。

以前，只有雷梨花通过婚姻才能生活的省会城市，现在任何一个生产队的人都能走进来，扎下脚跟，从容地生活。

这世界的变化，让人目不暇接。

很多年过去了，雷梨花的生活依然毫无改变，他每天都侍候着残疾丈夫，侍候残疾丈夫是她每天生活的唯一内容。

曾是英雄人物的残疾丈夫，曾是全县学习的标兵榜样，现在早就没有人记得了。

雷梨花没有孩子，没有性生活，从结婚的那天起，她就将自己的欲望包裹起来，她的婚姻生活就像一潭死水一样，连一丝涟漪也没有。

她依靠无性婚姻，和漫漫无期的囚犯一样的生活，换来了走进城市生活，换来了一个城市户口。

这么多年过去了，她从没有回过生产队。

生产队在她的心中已经死了。

有一天，雷梨花下楼倾倒垃圾，她看到楼下的垃圾箱旁边，站着一个人，那人胡子头发全都白了，他正在翻捡垃圾箱。

雷梨花只看了他一看，就知道他是谁。他的鼻梁上有一道凹槽。他曾经无数次出现在雷梨花的梦中，让雷梨花一次次从噩梦中惊醒。

在生产队的时候，他只有五十多岁，但人们都叫他放羊老汉。生产队的人因为饮食不济，又农活特别重，所以衰老非常快，仅仅五十多岁，就衰老得不成样子。

而现在的他，和生产队时候的五十多岁毫无变化。

放羊老汉背着一个蛇皮袋子，蛇皮袋子里装着半袋子矿泉水瓶子，他佝偻着腰身，一步一步走远了。

雷梨花紧跑几步，追上了他，拦在了他的面前，她问："你还认识我吗？"

　　放羊老汉抬起一双迷蒙的眼睛，很仔细地看着雷梨花，他浑浊的眼睛里突然有了亮光。他说："我想起来了，你是生产队的女子，你哥是民兵排长雷德禄。"

　　雷梨花笑了，她问道："你怎么会在这里？"

　　雷梨花把放羊老汉带进了自己家中。

　　雷梨花的丈夫看到放羊老汉进来了，他只看了一眼，就继续和人下象棋。几十年来，雷梨花的丈夫就靠象棋活着。

　　伺候丈夫是雷梨花生活中的唯一内容，和人下象棋是雷梨花丈夫生活中的唯一内容。

　　他们每天都生活在一起，然而却好像从无交集。

　　几十年过去了，雷梨花终于见到了生产队的人，可是她心中却异常平静。

　　放羊老汉坐在雷梨花家，显得很拘谨。雷梨花家再穷，可也是城市家庭。

　　雷梨花问："你从生产队离开后，是不是去了县城？"

　　放羊老汉说："我在县城捡拾破烂，可是那一天在县城里看到了白顺才，白顺才跟踪我，我吓得逃走了，扒火车来到了省城，这一晃就三十年了。"

雷梨花问：“你为什么要离开生产队？”

放羊老汉说：“人不是我杀的。”

雷梨花说：“我知道不是你杀的。”

放羊老汉问：“你怎么知道？”

雷梨花说：“那个人是我杀的。”

雷梨花说出了隐藏在肚子里三十年的秘密，她想着放羊老汉会吃惊，可是放羊老汉一点也不震惊，他那张布满皱纹的饱经沧桑的脸上，依旧平静如水。

雷梨花又问：“你知道那个人是谁？”

放养老汉说：“很早很早以前，我们那里还没有解放，我和一个少年在铁匠铺里学打铁，有一天，来了一支国民党部队，将我们两个都抓了壮丁。我们跟着这支国民党部队，从陕西逃到了山西，因为它总在打败仗。我们连打枪都没有学会。身边的人不断倒下，我们很害怕，就在一天晚上逃回了陕西老家。他家距离我们生产队，只有二三十里，但属于不同的县……”

雷梨花给放羊老汉端来一杯茶，放羊老汉一仰脖子，就把一杯茶倒进了肚子里，他抹了一把胡子上的水珠，接着说道：“我们逃回来后，几十年都没有来往了，有一天，他来找我，说他们县在抓过去的国民党士兵，抓住了就要丢进监狱。他害怕被抓，就来找我。我把他安顿在生产队外的关帝庙里，把羊圈门关好了，回头再来找他，发现他已经死了……"

雷梨花说："那一天，我看到你从关帝庙里走出来，我感到很奇怪，就走进去看看。关帝庙很多年都没有人进去过，我想看看你在里面干什么。生产队的所有人都以为我疯了，其实我没有疯，我的疯癫是装给人看的。我进去后，就看到一个老头躺在地上纳凉，他看到我，一骨碌爬起来，想要脱我的衣服，我挣脱开以后，捡起地上的石头，砸在他的头上，没想到一下子就把他砸死了……我的哥哥在调查这个案件，可他想不到杀人的就是他的亲生妹妹，全生产队的人都在谈论这件事，但他们都不会想到，杀人的是一个女疯子。"

放羊老汉说："原来是这样啊……他死了后，我吓坏了，担心公安会来找我，说我是杀人犯，因为他是来找我的，全生产队只有我认识他。还有，我以前当过国民党士兵，我担心我的历史被人揪出来，把我丢进监狱……我越想越怕，就和他互换了衣服，然后一个人逃出来了。"

雷梨花问："这几十年，我一想起杀人这件事，就害怕得不得了。现在，我终于说出来了，心里轻松了很多。他家还有什么人？"

放羊老汉说："他和我一样，一辈子没结婚，无儿无女。像我们这种人，没有死在监狱里，就是最好的结局了。"

那天晚上，雷梨花一夜没睡。他和放羊老汉一直聊到黎明。

他们聊了生产队的很多人很多事，雷梨花感觉到自己一生的话，都在这天晚上说完了。

当年，雷梨花费尽心机想要离开生产队，到头来才发现自己根本就没有走出生产队。她所怀念的，是生产队的生活；她所想念的，是生产队的人。她生活在城市几十年，却只是城里的外来人，她和自己的残疾丈夫格格不入，他们整天整天一句话不说。她和左邻右舍格格不入，人家都看不起她，说她是乡下来的，为了商品粮户口才嫁给残疾人丈夫。她和城市格格不入，城市的高楼大厦和语音总是让她觉得很陌生。

那天晚上，雷梨花一次次泪流满面。

她用一切的代价，换来一个城市户口。现在才发现，城市户口在这个时代毫无意义。

黎明时分，放羊老汉离开了。

雷梨花登上楼顶，她看到整个省城还没有从酣睡中醒来，连有轨电车都还没有开来，远处寥落的路灯光，像无精打采的眼睛。

雷梨花望着北方，那里是生产队所在的方向，一缕金黄色的阳光染红了东方的山峦，染红了蜿蜒崎岖的长城，染红了辽阔无际的黄河，染红了苍茫无边的秦岭，染红了蒙古高原和陕北高原，也染红了关中平原和函谷关口……在那个遥远的生产队，村口的老槐树被染红了，家家的屋顶也被染红了。

崭新的一天来临了。

9 781990 872785